Mayk D. Opiolla

Momentaufnahmen 7

Von Viren und Wundern

Buch:

Das siebte Jahr auf Langeoog. Mit dem Erwachen des Frühlings bricht die Corona-Krise auch über die Insel herein. Zum ersten Mal erfolgt der große Vogelzug fast unbeobachtet; zum ersten Mal ist es sogar an Ostern so still, dass man die Blütenblätter von den Bäumen fallen hört. Die Touristen sind fort, das Dorf rottet sich zusammen. In der Isolation entsteht neue Nähe, aber es gärt auch eine Menge Gift im Langeooger Mikrokosmos. Die Zukunft erscheint zerbrechlich, Existenzsorge nagt. Und doch prägt die Prosastücke dieses Bandes keine Verzweiflung, sondern ein lebenshungriger Blick auf die Welt, die Geborgenheit im Glauben sowie das Wunder unverhoffter Liebe. Gezeichnet in eindrucksvollen Sprachbildern führt der Ich-Erzähler über eine Insel im Ausnahmezustand, aber auch an Orte tiefen Friedens: Darunter ein uraltes Zisterzienserstift und ein Exerzitienhaus im Wald. 42 neue Geschichten.

Bibliografische Information der Deutschen Nationalbibliothek:

Die Deutsche Nationalbibliothek verzeichnet diese Publikation in der Deutschen Nationalbibliografie; detaillierte bibliografische Daten sind im Internet über http://dnb.dnb.de abrufbar.

Impressum:

Mayk D. Opiolla:
Momentaufnahmen 7 — Von Viren und Wundern
©2020, Mayk D. Opiolla, Langeoog
Bildnachweis: Umschlagfoto und Foto S.177 ©Mayk D. Opiolla
Herstellung und Verlag: BoD – Books on Demand, Norderstedt

ISBN: 978-3-7519-9383-8

Meinen Eltern und A.

Inhalt

Knotenpunkt

Nun gibt es ja Menschen, die der Ansicht sind, Katholiken wären alle nicht mehr ganz dicht, oder, um es der Jahreszeit angemessen auszudrücken: Hätten nicht alle Kerzen auf dem Adventskranz. Und angesichts dreier Gestalten, die, lediglich von dem Motto „Das Licht des Herrn leuchte uns" beschienen, in völliger Dunkelheit am Strand entlang durch den Sand stapfen, scheint das gar nicht so abwegig. *„Da verbinden sich Himmel und Erde, dass Frieden werde unter uns ..."* singen sie; dann marschieren sie weiter, verschluckt von der Schwärze der Inselnacht, am Vorabend des ersten Advent.

Eine der drei Gestalten bin ich.

Ein nächtlicher „Adventsgang" war angekündigt und ich rechnete mit einem kurzen Marsch um die Kirche, mit einigen Stationen des Innehaltens, Singens, Hinein- und Hinaushorchens; zumal wenige Minuten vor Beginn noch ein gewaltiger Wolkenbruch auf die Insel niedergegangen war.

Nun ist der Beginn einer Bußzeit aber offensichtlich nichts für Verweichlichte, und so wurde die alte Seenotbeobachtungsstelle als Ziel angegeben; eine Dreiviertelstunde Marsch von der katholischen Kirche entfernt. In völliger Dunkelheit, mit nichts ausgestattet außer mit dem Vertrauen auf den, der alle Wege kennt.

Ich bin nachtblind. Ich erkenne im Dunkeln maximal noch starke Kontraste, und generell mag ich die Dunkelheit nicht. Ich schließe niemals die Rollläden ganz und kaufe auch keine Gardinen, die jedes Licht fernhalten. Mein Vertrauen auf Gott wuchs mit den Jahren, ich bin froh darüber — doch mein Vertrauen in die Menschheit und in die Nacht bleibt wohl noch länger ausbaufähig. Nun aber muss ich vertrauen. Auf meinen Körper, meinen Gleichgewichtssinn, mein Gehör, meine Erinnerung an die im Hellen so oft beschrittenen Wege, die nun kaum mehr als fleckige Schatten links und rechts von mir sind. Und vor mir liegt nichts als Dunkelheit.

Die Ansammlungen von Teek am Strand sehen bei Nacht aus wie Krallenhiebe eines gigantischen Ungeheuers. Am Horizont blinken die roten Lichter der Windparks, dazu leuchten all die riesigen Frachter auf Reede. Im Nordosten gleitet der Schein des Leuchtfeuers von Helgoland über die schwarze See, im Westen blinkt das von Norderney. In erschreckendem Maße wird mir dabei bewusst, wie sehr die Deutsche Bucht schon zum Verkehrsknotenpunkt der internationalen Schifffahrt geworden ist; wie dicht gedrängt hier die Container von A nach B gefahren werden, obwohl sie, wie etliche Stürme bereits zeigten, in B zum Teil nicht einmal ankommen werden. Und dann liegen die Container für wer weiß wie lange auf dem Grund des Meeres, neben Tausenden toten Soldaten und anderen glücklosen Seelen, welche sich die See im Laufe der Jahrhunderte einverleibte. Und all der über Bord gespülte Müll von Kreuzfahrtriesen, Konsumgier und Berufsschifffahrt wird noch Jahrzehnte später an Strände gespült, schlimmstenfalls mit einem qualvoll verendeten Tier drumherum. „Macht euch die Erde untertan" heißt es in der Bibel, aber in diesem Moment denke ich einmal mehr, dass es die Menschheit damit schon gewaltig übertrieben hat.

Außer der Insel-Seelsorgerin, die die Andacht leitet, ist nur der Kurpriester zum Adventsgang gekommen; beide sind mir sympathisch, was beim Bezwingen der Angst vor dem Dunkeln hilft. Niemand schwätzt; der verheißene Gang in Stille wird wirklich ein Gang in Stille. Meine beiden Weggefährten sind so ruhig, dass ich sie nicht einmal atmen höre; nur ihre leisen Schritte im Sand bieten mir Orientierung. Ungefähr alle 500 Meter bleiben wir stehen, beten und singen ein kurzes Lied.
In einiger Entfernung rühren sich Seevögel, aber es ist keine übermäßige Unruhe im Schwarm; ich hoffe, wir haben sie nicht gestört.
Die Sicht wird nicht besser: Nachtblind ist nachtblind.
Aber ich stelle fest, dass mir die Beschaffenheit des Sandes unter meinen Füßen bereits Aufschluss darüber gibt, an welchem Strandabschnitt wir uns ungefähr befinden, und es ist ein herzwärmendes Gefühl, doch schon so sehr mit der Insel verwachsen zu sein. Der dunkle Dünenfuß zu meiner Rechten ist mein Ariadnefaden, meine Schritte werden mehr und mehr sicher; irgendwo hinter mir sind

meine Begleiter. Ich merkte nicht einmal, dass ich sie überholte.

Wir verlassen den Strand an einem mir sehr vertrauten Überweg. Durch schwarze Dünentäler geht es auf kurvenreichen Pfaden hinauf, hinab und wieder hinauf zur Aussichtsplattform. Dann sind wir oben, und es beginnt erneut zu regnen. Aber der Regen macht mir nichts, denn längst haben sich der Frieden und das Wunder dieses Nachtganges in mein Herz gegossen, das am Tage noch unruhig und angstvoll gewesen ist. Ich lernte: Es tut gut, zu vertrauen. Es lohnt sich, auch einmal die Kontrolle abzugeben. Es ist ein großartiges Gefühl, zu wissen, dass sich sogar ein beherzter Schritt in die Dunkelheit lohnen kann. Und dass es sich lohnt, sich seinen Ängsten zu stellen.

Der Priester hat einen Schirm dabei, er hält ihn väterlich über die Seelsorgerin und mich. „Es kommt ein Schiff geladen", singen wir. Ich mag das Lied; nicht nur, weil es so gut an die Küste passt. Ich mag seine Bilder, und die getragene Melodie mag ich auch.

„Das Schiff geht still im Triebe / es trägt ein' teure Last / das Segel ist die Liebe /der Heilig' Geist der Mast."

Wieder zuhause, kommen die Sorgen des Tages zurück. Aber es ist schon weniger schwarz am Horizont.

Ende

Nach einem sehr warmen Dezember hat nun der Winter
Einzug gehalten auf Langeoog. Das Jahr hat nur noch wenige Tage. Die Nacht umrahmt ein so prachtvoller Ster-
nenhimmel, wie ihn nur winterliche Inseldunkelheit her-
vorbringt. Ich stehe am Fahrrad und kratze Eis vom Sattel;
das erste Mal in diesem Jahr. Ich weiß nicht, wo die letzten
Wochen, der ganze letzte Monat geblieben sind. Selbst
Weihnachten passierte dergestalt nebenbei, wie es eigentlich nicht passieren sollte. Es gab unzählige Adventsfeiern
und -veranstaltungen, die ich dienstlich besuchte; dazu die
ein oder andere dem Tag abgerungene Werktagsmesse; an
den Sonntagen konnte ich nicht. Am ersten Weihnachtstag
war frei. Ich erinnere mich an einen wohligen Kokon aus
Nichtsmüssen, in Ruhe gekochtem Essen und nochmaliger
Lektüre unzähliger Postkarten und Briefe, die mich in den
Tagen zuvor erreicht hatten; soviel Liebe zwischen den
Zeilen. Und dann war auch das Fest schon wieder vorbei.

Für viele meiner Freundinnen und Freunde oder Menschen
im weiteren Bekanntenkreis war es kein frohes Fest. Sehr
viele Elternteile verstarben dieses Jahr oder erkrankten
schwer; teils wurden auch junge Menschen aus dem Leben
gerissen. Langjährig treue Haustiere mussten für immer
verabschiedet werden. Es wurde sich zerstritten oder getrennt, Babys wurden verloren und Arbeitsplätze. Dann sah

man diese Menschen an, um deren Schicksal man wusste, und ahnte die Tapferkeit, die sie aufbringen mussten, um reihum „fröhliche Weihnachten" zu wünschen, weil man das eben so machte. „Gesegnete Festtage" sagte ich, der Neutralität halber, denn damit litt es sich hoffentlich etwas weniger.

Ich wurde mir des Luxus bewusst, meine Eltern wenigstens noch am Telefon bei mir haben zu können an Weihnachten, denn etliche meiner Freundinnen und Freunde konnten das nicht mehr. Reihum sah man, wie teils Ü50jährige im Freundeskreis wieder zu Kindern wurden und über Weihnachten heimfuhren zu Eltern, sonstiger Familie, Gans und Baum. Dann schliefen sie in ihren alten Kinderzimmern, fanden Erinnerungen wieder und Fotoalben. Und dann gab es jene, in deren Elternhaus nun Planen über den Möbeln lagen und durch dessen Zimmer Fremde als potentielle Käufer schritten. Und jene, deren Elternhaus bereits abgerissen worden war. Und jene, die nie eins hatten.

Auf der anderen Seite: Die Selbstverständlichkeit, mit der allerorten „Frohe Festtage im Kreise Ihrer Familien", „schöne Weihnachten im Beisein Eurer Lieben" und so fort gewünscht wird, als sei ein Alleinsein an Weihnachten oder die Abwesenheit einer Familie, sei es durch traumatische Erlebnisse oder den Tod, vollkommen ausgeschlossen. Oder eines der letzten Tabus unserer Zeit. Ich fürchte, Letzteres.

Ich versuchte, über die Weihnachtstage so viele Bekannte

wie möglich zu kontaktieren, von denen ich wusste, dass sie unter irgendeiner Form von Verlust und Ausgeschlossensein litten. Nicht aus Mitleid. Sondern weil ich wusste, wie es war, in dieser Gesellschaft unsichtbar zu sein.

Nun ist die Zeit angebrochen, die etwas mysteriös als „die Zeit zwischen den Jahren" bezeichnet wird. Eine Zeit, in der man einerseits noch hektisch Dinge zu Ende bringen will, es sich andererseits aber auch noch nicht wirklich lohnt, etwas Neues anzufangen — denn waren dafür nicht erst die Neujahrsvorsätze gut? Es ist eine Zeit, in der viele Menschen Bilanz ziehen. Auch ich tue das.

Über mein Jahr kann ich nicht klagen. *„Still a pretty good year"* höre ich im Geiste Tori Amos singen; eine Frau, die mich in meiner Jugend mit ihrer keltisch-ätherischen Schönheit, ihrem Talent, ihrer Verletzlichkeit, dem Stolz in ihrer Nacktheit und der Anmut in ihrer Wut geradezu hypnotisierte. Auf jeden Fall habe ich keinen Grund zum Hadern; alles, wovor ich Angst hatte, ging gut aus oder ist in stabile Bahnen gelenkt. Es gibt keinen Verlust zu beklagen, der rückblickend nicht unumgänglich oder gar begrüßenswert gewesen wäre. Und alles, was ich liebe, ist noch da. Mehr, denke ich, kann man von so einem Jahr eigentlich nicht verlangen.

Ich erahne bereits den Horizont. Mit der Morgendämmerung glitzern gefrorene Reifenspuren auf dem Backsteinpflaster meiner Straße. In meinen Träumen glitzert der

Wienerwald im Winterkleid, rattert der Nachtzug bereits einer niederösterreichischen Morgendämmerung entgegen. Dem Wetterbericht nach wird es in Wirklichkeit zwar nichts mit Schnee im Wald, aber das ist mir jetzt reichlich egal, denn die nahende Reise hilft mir, das alte Jahr erwartungsfroh und ohne Sentimentalitäten hinter mir zu lassen. Der Wanderrucksack steht längst gepackt in der Zimmerecke.

Er ist, trotz mehrfachen Umpackens und Neusortierens, ziemlich schwer, aber ganz ohne Gepäck geht es halt nicht hinüber: Weder ins neue Jahr, noch in den Wienerwald. Beim Anblick des Rucksacks muss ich wieder an die Freundinnen und Freunde denken, welche in diesem Jahr mit wirklich schwerer Last neu starten müssen. Mit der Last von Krankheit, Angst, Trauer, Armut oder Hoffnungslosigkeit. Mit Streit, Mobbing oder Verachtung. Ich hoffe, dass sie Erleichterung finden. Und dass ihnen Gott tragen hilft.

Durchreise

Die Dämmerung hat sich sehr unspektakulär angeschlichen. Irgendwann, ich erwachte lange vor dem Weckerklingeln, hatte sich der Nachthimmel über Bremen zu einem trüben Graurot aufgehellt. Wenig später konnte ich den Turm von St. Johann schon deutlich erkennen. Für die

Frühmesse blieb aber keine Zeit; die Weiterreise stand an. Ich verabschiedete mich von den Birgittenschwestern in ihrem schönen, mittelalterlich anmutenden Habit, leerte mein gesammeltes Kleingeld in die Hände der Obdachlosen vor der Kirche und wuchtete mein Gepäck in ein Bahnhofsschließfach. Und dann stand ich da mit sehr viel Zeit und sehr wenig Verpflichtungen: Der Zug nach Hamburg ging erst in vier Stunden. Was blieb? Die Rückkehr in ein früheres Leben.

Und in diesem sitze ich nun im Café des Überseemuseums. Es ist ruhig, aber vermutlich verachten mich die Leute hier trotzdem, weil ich seit Stunden einen Tisch blockiere und mit meinem MacBook am W-LAN schmarotze; ein Klischeebild der digitalen Bohême, die sich für etwas Besseres hält, für so frei und so unabhängig, und dabei doch nur akademisches Prekariat ist, Lückenfüllmaterial im Getriebe eines nimmersatten Marktes.

Die Erinnerung an Berliner Jahre sitzt neben mir wie ein ominöser Schatten. Ich weiß noch, wie neidisch ich in meinem verhassten Marketing-Bürojob war, wenn mir die freien Dienstleister, mit denen ich damals kooperierte, von irgendwelchen Cafés aus schrieben. Aber als ich dann selbst als freier Dienstleister meinem täglich Brot hinterherjagte, anstatt als Angestellter im Büro zu sitzen, war der vermeintliche Glamour dieses Daseins schnell Geschichte. Ständige Unsicherheit im Nacken; dazu die Diskrepanz zwischen dem, was andere Leute dachten, wieviel man verdiente, und dem, was man wirklich erwirtschaftete im

Verhältnis zum Aufwand: Dem Klinkenputzen, dem Anmahnen von überfälligen Rechnungen, dem Abarbeiten von Aufträgen unterschiedlichster Couleur: Hier die Website für einen Lastwagenteilezulieferer. Dort der Flyer für den Gourmet-Caterer. Und zwischen den Terminen reichte es eben oft nur zum Abarbeiten der Dinge irgendwo im Café, weil ich am Arsch der Welt wohnte, oder, wie der Berliner sagt, „j.w.d." — „janz weit draußen".

Jedenfalls bin ich froh, diesem Dasein entronnen zu sein, und spüre, dass ich mich nicht einmal mehr im Urlaub daran gewöhnen möchte.

Das Museumscafé füllt sich. Elegante Hanseatinnen im Businesslook kommen herein, es ist Mittagszeit. Auch ich bestelle Essen, ansonsten wäre das Okkupieren des großen Tisches für mich allmählich nämlich wirklich dreist. Bremen ist eine große Stadt, dennoch treffe ich nun zum zweiten Mal an diesem Tage zufällig eine Sopranistin, die auch auf Langeoog öfters sang; seit einer schmeichelhaften Rezension meinerseits hat sie sich offenbar mein Gesicht gemerkt und grüßt freundlich: Auch das zum zweiten Mal.

Und so ist wohl sogar Bremen im Zentrum nur ein Dorf, wo man nicht Vieles unbemerkt tun kann. Aber ich mag Bremen; an mehr Größe könnte und wöllte ich mich nicht mehr gewöhnen. Und an weniger Eleganz auch nicht.

Den Beweis dafür bekomme ich wenig später in Hamburg. Als ich aus dem Zug steige, ist die Sonne soeben als goldener Ball versunken. Schön sah es aus, wie sich die filigrane Eisenbahnbrücke und die Silhouette des Bahnhofs davor abzeichneten. Aber jetzt ist es dunkel, und ich bemerke die Autos: Die roten Lichter ergießen sich wie ein Strom glühender Lava in die Stadt, ich habe lange nicht mehr so viele auf einmal gesehen. In den Bürotürmen sieht man Menschen hinter den Fenstern durch sterile Gänge wieseln, in sterilen Büros sitzen; vereinzelte Topfpflanzen in den Fenstern ein trauriger Rest von Leben. Ich danke Gott, dass dies nicht mehr mein Leben ist. Die Großstadt und ich werden wohl keine Freunde mehr, wiewohl Hamburg, so muss ich zugeben, unter den Molochen dieser Welt vermutlich noch einer der schönsten ist.

Der Anblick all dieser blinkenden Lichter, des Wuselns und Wieselns, gepaart mit einer Geräuschkulisse aus absolut allem, stresst mich jedenfalls dergestalt, dass es mich umgehend zu einem Ort zieht, an dem ich Stille um mich weiß, dazu hohe Decken und Schönes zum Ansehen. Die Rede ist ausnahmsweise nicht von einer Kirche, sondern von der Hamburger Kunsthalle.

Vor dem imposanten Bau fühle ich mich furchtbar klein; angesichts des atemberaubenden Inhalts auch noch furchtbar untalentiert. Aber das ist mir egal, denn zeitgleich ergreift mich hier sogar ein seltener Anflug von Stolz darüber, der Spezies Mensch anzugehören. Denn wer so baut und so malt, kann nicht von Grund auf schlecht sein. Ich schwelge in einer fabelhaften Sonderausstellung impressionistischer Werke, durchstreife viele Räume mit Eigenartigem, Befremdlichen und Faszinierendem, erkenne, dass ich von Kunst im Grunde überhaupt keine Ahnung habe, aber sie mir immer noch einfach gerne ansehe. Ich verlasse das Museum glücklich.

Aus einem nahen Café sehe ich aufgeklappte Apple-Rechner leuchten. Ich bestelle, Provinzler der ich nunmal bin, das, was am Wenigsten exotisch klingt und reihe mich erneut in die digitalen Café-Nomaden ein, bis die Abfahrt des Nachtzuges in die Nähe rückt.

Wieder denke ich über das Unbeständige dieser Art von Arbeit nach, diese Ruhelosigkeit, die auch ich früher als ultimative Freiheit verstand, aber heute nicht mehr ertragen könnte. Wenn das Abenteuer Alltag wird, verliert es schnell seinen Reiz. Das gilt wohl für Affären ebenso wie fürs MacBook-Vagabundentum.

Und nun möchte nicht länger auf Durchreise sein. Ich bin dankbar für alles, was ich an diesem Tage erlebte, aber nun möchte ich ankommen; nun möchte ich wissen, was mich hinter der nächsten Straßenecke erwartet.

Ich möchte ein liebes Gesicht sehen, das mich am Bahnhof abholt, Jahrhunderte alte Gesänge hören und noch ältere Gebete sprechen; umgeben von uralten, sicheren Mauern, einem guten, durchbeteten Raum und der stillen, dunklen Anmut des Waldes. In 12 Stunden werde ich da sein.

Rückkehr

Mit dem Erwachen wähne ich mich noch hinter dicken, weißgetünchten Klostermauern. In der Geborgenheit einer Zelle, deren hohes Kreuzgewölbe das Bett überspannt wie ein Wiegenhimmel, während die riesigen Doppelfenster den Blick auf den echten Himmel öffnen. Dahinter rauschen Bach und Bäume. Doch heute wird mich kein früher Glockenschlag zum Gebet rufen, wird kein vertrautes Rascheln langer, weißer Chormäntel mehr durch die Stille eines beeindruckenden Kreuzganges hallen und ich werde nicht mehr den Duft uralter Steine riechen, die ein atemberaubend schöner Brunnen mit kristallklarem Wasser besprengt.

Der Rest des Traums verfliegt: Ich bin auf Langeoog.

Der Tag empfängt mich recht mitleidslos. Kalter Regen schlägt an die Scheiben und sprüht in Fontänen aus den Ablaufrinnen, das Backsteinpflaster ist nass und dunkel wie altes Blut. Meine Balkonblumen, durch die Milde des bisherigen Winters noch immer blühend, biegen sich mit den Böen in die Waagerechte. Ich sehe hinaus; noch nicht ganz da und doch zuhause.

Auch unsere Kirche ruft zum Gebet, obwohl sie kein Geläut besitzt: Die Sonntagsmesse steht an. Mechanisch suche ich mein Regenzeug zusammen, den Fahrradschlüssel, das Kollektengeld. St.Nikolaus erwartet mich mit der stoischen Ruhe eines alten Freundes, der schon so einigen

Kummer mit mir gewohnt ist.

Heute haben wir sogar zwei Zelebranten, sodass der Kontrast zum klösterlichen Konventamt mit einem halben Dutzend Priestern nicht ganz so hart ist, aber natürlich bin ich spürbar zurück in der Diaspora, denn es wird keine Kommunionbank mehr herbeigetragen und niemand hält einem ein silbernes Tellerchen unters Kinn, falls man mit dem HERRN krümelt. Dass ich dafür wieder Messdiener sein, in der Sakristei herumkramen und Fürbitten vortragen darf, tröstet indes über den Abschiedsschmerz. Denn so sehr ich das festliche, strenge Zeremoniell des Ordens auch liebe — in St.Nikolaus habe ich meinen Platz und bin dankbar für jeden Dienst, den ich mit Gottes Hilfe dort verrichten darf.

Nach dem Verräumen der Altargegenstände trete ich vor die Kirchentür. Die Wolken haben sich verzogen: Nun vergoldet die Sonne die Welt. Die See hat sich zurückgezogen, in der Ferne sehe ich ihr schönes Blau glänzen. Das Meer ist Heimat, es wird nie anders sein.

Und doch mäandert mein Herz noch irgendwo zwischen Flughafen und Bahnhöfen, zwischen uralten Mauern, pittoresken Dörfchen, frostüberzuckerten Bäumen, Barockkirchen und bewaldeten Berghängen. Noch kann der Blick auf die geliebte Insel die Erinnerung nicht übermalen. Noch fühle ich die elegante Kühle der hohen Gewölbe, die beschützende und zugleich befreiende Klarheit von weißen, fast schmucklosen Wänden und die haltgebende Verlässlichkeit, mit der der wunderschöne Chorgesang der

Mönche die Kapelle erfüllt. Und dann ist da noch all die Pracht hinter den imposanten Toren, die kostbare Handschriftensammlung, die Bücherregale, die gewaltig dimensionierten Gemälde, das Kerzenlicht und all das Gold. Auch der Mensch, der all die Tage bei mir war, ist nicht fort; ich sehe ihn das Auto mit beruhigender Routine durch Serpentinen steuern, gefährliche Abgründe neben uns und über uns ein strahlender Himmel, der die meiste Zeit nicht gnädiger hätte sein können.

Vom ersten Winken durchs Bahnhofsfenster bis zum Reisesegen am Flugsteig war mir dieser Mensch ein zuverlässiger Quell der Beständigkeit und Freude, mit seinem ansteckend breiten Lächeln und der unprätentiösen Herzlichkeit, dem norddeutschen Humor und den graublauen Augen in der Farbe dunkler, sturmgepeitschter See. Ich kann nicht behaupten, ihn nicht zu vermissen.

Ich hatte Angst vor dem Flug, aber die teure Reise im Schlafwagen hatte ich mir nur für den Hinweg leisten können. Seit 13 Jahren der Fliegerei entwöhnt, fühlte ich mich wie ein Fossil angesichts all der technischen Neuerungen, der schieren Größe des Flugplatzes und der industriellen Abfertigung der Reisenden. Ich wollte noch am Boden zurück ins Kloster, zum Freund, zum Wald. Aber die Triebwerke röhrten bereits. „Halt dich am Rosenkranz fest", hatte er noch gesagt. Und das machte ich auch.

Die Alpen durchbrachen die Wolkendecke wie Inseln. Schön sah das aus; ebenso wie die kleinen Eisblumen am Fenster, die in der Sonne glitzerten. Ein Hauch von Trost schlich sich ins Herz, denn tatsächlich fehlten mir auch das Meer und die Weite. Dann riss der Himmel auf und die Schäfchenwolken unter mir trieben wie Eisschollen vorüber. Grüne Äcker kamen in Sicht und Dörfer, in denen ich sofort nach dem Kirchturm spähte. Aber ich fand keinen, und so musste ich mich wohl der Wahrheit stellen: Die Welt, in der sich der Alltag nach keinem Geläut mehr richtete, hatte mich wieder.

Festhängen

Die Temperaturen halten sich kontinuierlich um 10°C, aber Urlaubswetter sieht anders aus. Es ist grau und regnet seit Tagen, doch der Winter kommt einfach nicht. Die Zeit scheint festzuhängen; anhand des Wetters zumindest lässt sich keinerlei Jahreszeit festmachen und auch die Vegetation ist nicht zwingend ein sicheres Indiz. Durch die Wärme sprießt zartes Frühlingsgrün an den Bäumen; die Feuchtigkeit lockt dagegen herbstlich anmutende Pilze aus dem weichem Moos in den Dünentälern.

Und doch schreitet die Zeit unerbittlich voran. Der Wandkalender mit Vogelportraits, den mir eine talentierte Freundin jedes Jahr zusammenstellt, zeigt auf dem Januarbild einen Bartkauz, der durch Wintergeäst lugt. Ich schlage das Blatt um; das nächste Bild zeigt Basstölpel beim Nestbau, in den Schnäbeln Teek, kein Plastikmüll, immerhin. Es ist

Februar und das Jahr hat bereits eine Menge Unschuld eingebüßt.

Großbritannien hat die Europäische Union verlassen, in Frankfurt zerfleddert sich die katholische Kirche beim Synodalen Weg, Trump wird der Welt vermutlich noch eine zweite Amtszeit lang mit täglichem Morallimbo beweisen, dass man auch ohne Bildung, Anstand und Würde viel erreichen kann. Im Netz toben unverändert Hass, Häme und Hysterie, und von „Hierzulande" fange ich in Sachen Politik und Alltagswahnsinn besser gar nicht erst an.

Der gefühlte Stillstand der Zeit beim Blick aus dem Fenster nervt mich; das rastlose Kreiseln der Welt aber auch. Mich ermüdet das eine, das andere verursacht Übelkeit.

Nun kann sich der Pessimist in mir darin verloren fühlen; der Optimist hingegen sieht weitere 11 Monate voller Chancen, Pläne und schöner Dinge; sieht kommende Reisen, Blumen und Sonnentage. Vielleicht ein Wiedersehen mit liebgewonnenen Menschen. Und vielleicht mal wieder eine richtige Jahreszeit. Ich bin bemüht, nur Letzterem Raum zu geben.

Der Brexit zumindest motiviert mich immerhin dazu, das Thema „Reisen" in der Zukunft wieder etwas größer zu schreiben, auch wenn ich nicht mehr gern unterwegs bin. Man hat ja kaum noch darüber nachgedacht, wie komfortabel die EU das Reisen gestaltet. Keine Grenzkontrollen, kein Geldwechsel. Wenn es irgendwo schön ist, kann man dort sogar arbeiten und bleiben. Freiheit ist ein fragiles

Gebilde. Und eigentlich habe ich noch viel zu wenig von Europa gesehen.

Mit meinem Vater werde ich mir in Kürze die Heimat unserer Vorfahren ansehen: mit Siegfried Lenz' „Suleyken", Gräfin Dönhoffs Kindheitserinnerungen und einem Bildband über die masurischen Seen träume ich mich bereits jetzt in den ostpreußischen Frühling. Es wird mich über den Winter retten — bzw. über diese gesichtslosen Tage, die dem Monat nach der diesjährige Winter sein sollen.

Romantik

Die Insel bereitet sich auf den Sturm vor, oder, wenn es nach einschlägigen Boulevard-Blättern geht, auf den MONSTER-ORKAN, drei Ausrufezeichen inklusive. Wir werden alle sterben, ja. Aber vermutlich nicht daran.

Ich mache den Balkon sturmfest und tue ansonsten das, was Ostfriesen eben so tun: Teetrinken. Nebenher blättere ich im Terminkalender; der Februar ist bereits vorangeschritten, der Tag des Blumenhandels naht, oder, katholischer betrachtet, der des heiligen Valentin.

Nun ist es schöne Tradition, sich anlässlich dieses Datums zumindest noch einmal im Jahr über weltliche Formen der Liebe Gedanken zu machen, allerdings hat sich auch an meiner diesbezüglichen Inkompetenz nichts geändert. Das Herz mit ähnlicher Routine wie den Balkon sturmfest zu machen, gelingt immer noch nicht. Und so ganz aus der Nummer kommt man wohl auch nicht raus.

Grundsätzlich entkommt man im Februar diesem Thema nicht: Meine Social Media Kanäle werden geflutet mit Werbung, die mir wahlweise niveauvolle Singlefrauen oder heiße Boys andrehen will, Blumengeschenke vom Wert eines Kleinwagens oder einen Jahresvorrat an veganen Kondomen, die in irgendeiner superhippen Berliner Hinterhof-Manufaktur handgeklöppelt werden und alberne Namen tragen. Das letzte Kondom, das ich beim Ausmisten der Badezimmerschränke entsorgte, hatte sein Verfallsdatum um 3 Jahre überschritten und vegan war's vermutlich auch nicht. Mehr muss ich zum Thema jawohl nicht sagen.

In Berlin ging ich gerne ins Naturkundemuseum. Wie in allen Naturkundemuseen gab es dort irgendwo einen Trakt, in dem Schmetterlinge in Schaukästen hingen. Aufgespießt und kategorisiert, in aller Farbenpracht und Vielfalt, nichtsdestotrotz mausetot und festgepinnt. Ich schaute eher selten dort vorbei, obwohl ich Schmetterlinge mag, weil direkt daneben die Spinnen hingen, die ich keineswegs mag, aber im Kontext mit „Liebe" fallen mir die Schmetterlingskästen jetzt wieder ein: Aus Gründen.
Irgendwann, so hofft man ja ständig, ist man zu alt für den Scheiß. Irgendwann, so hofft man, kann man neben dem liebsten, schönsten, schlauesten Menschen der Welt sitzen, der dazu auch noch duftet wie ein Korb sonnengetrockne-

ter frischer Wäsche, und die blöden Viecher rühren trotzdem keinen Flügel. Aber leider ist es bis „irgendwann" wohl noch eine Weile hin.

Sie flattern. Und man wünscht sich die Kaltherzigkeit eines Insektologen, der die Schmetterlinge in kurzem Prozess auf ein Kissen nadelt: Wo man sie maximal noch sieht, aber nicht mehr fühlt. Und wo man sie maximal unter Kontrolle hat.

In Wirklichkeit ist es weniger einfach. Man kann natürlich Hunderte Kilometer weit weg fahren. Man kann sich vornehmen, ihn nicht wiederzusehen, bis der Anfall vorbei ist. Aber auch das funktioniert nicht, denn man sieht ihn ja trotzdem, egal, wo man ist. Man geht raus in die Natur, um sich abzulenken, aber dann sucht man das Blau seiner Augen in den Tiefen der Nordsee und das Blond seiner Haare im Wintergold des Strandhafers; und überhaupt findet man plötzlich, dass alle Dinge seinen Namen tragen sollten: zumindest alle, die schön sind. *„Tu es partout"*, sang schon Dalida.

Auch das Wissen, dass ebendieser Name im großen, schweren Buch der „1000 Dinge, die absolut nicht gehen" ziemlich weit vorne eingetragen ist, hilft nur bedingt. Auf facebook wird zweifelsohne viel Mist geschrieben, aber der Beziehungsstatus „es ist kompliziert" hat durchaus seine Daseinsberechtigung. Ich erinnere mich an eine Frau, mit der ich mal kurz zusammen war (hier hat nicht die katholische Zensur zugeschlagen, es war tatsächlich eine): Sie trug diesen Beziehungsstatus für uns ein, weil sie die

Bezeichnung so hübsch fand. Sie meinte, das sei doch die einzig realistische der Auswahlmöglichkeiten. Damals beleidigte mich das natürlich sehr; es war wohl ihr spezieller Humor, aber heute kann ich sie sogar verstehen.

Das Gute am fortgeschrittenen Alter ist indes, dass man auch weiß, dass jeder Schmetterling einmal müde wird und dass so ein Anfall tatsächlich vorbei geht. Auch die Stimme der Vernunft setzt sich letztendlich durch; in meinem Fall noch unterstützt vom Katechismus der katholischen Kirche, der ein Dasein als meist homophiler Katholik nunmal an gewisse Bedingungen knüpft, die einzuhalten mir mein Glaube Wert ist. Es ist tröstlich, dieser einen Liebe alles andere unterordnen zu können. Und meistens funktioniert es ja auch.

Für den Rest des Jahres überlasse ich die Romantik also lieber wieder den Insel-Sonnenuntergängen, den Lyrikerinnen und Floristen. Über dem Meer, das heute noch von einem strahlend blauen Himmel überspannt wird, gruppieren sich Wolken zur Form eines Schmetterlings. Ich nehme diese himmlische Ironie zur Kenntnis; vielleicht ist sie ja auch ein Fingerzeig Gottes, selbst dieses Thema getrost Ihm zu überlassen. Regen und Sturm kommen noch früh genug.

Orkan

Am Tag danach tut die See, als sei nie etwas gewesen. Letzte dunkle Wolken ziehen sich vom Horizont zurück und enthüllen ein hellblaues Band aus weichem Licht. Darunter glänzt silbrig das Meer. Doch an den Übergängen türmen sich meterhohe Sandverwehungen; im Osten ist kein Strand mehr vorm Dünenfuß. Im Dorf liegen abgerissene Äste auf allen Wegen, dazwischen große Pfützen, in denen sich der Regen gesammelt hat. Doch das Wasser in den Pfützen steht heute still, und man kann endlich wieder Fahrrad fahren.

Am Tage nach dem Sturm sieht die Insel aus, als habe kurz jemand die Pausentaste gedrückt, um Mensch und Natur etwas Linderung zu verschaffen. Auch ich hatte diesen Sturm unterschätzt. Fast drei volle Tage war die Insel von der Außenwelt abgeschnitten; keine Fähre fuhr und auch keine Frachtschiffe. Das bedeutete: Keine Post und ausgedünnte Regale im Supermarkt. Kein Arztbesuch auf dem Festland trotz entzündeter Ohren. Und der Mensch auf dem Kontinent, dem eine heimliche Sehnsucht gilt, schien noch viel unerreichbarer als sonst.

Es ist ein seltsames Gefühl, nicht nur aus Zeit- und Geldgründen nicht an Land zu kommen, sondern weil es schlichtweg unmöglich ist. Weil die Anleger unter Wasser stehen und weil Orkanböen von 12 Beaufort ein Anlegen ohnehin zu gefährlich machen. Die Macht des Windes spürt man bereits zu Fuß. Am Strand zwingt der Sturm einen in die Knie, als wolle der HERR mit aller Macht Demut vor seiner Schöpfung lehren. Auf den Straßen läuft man Diagonalen, als sei man betrunken; auf dem Fahrrad wirft es einen schlicht um, sofern man überhaupt einen Millimeter voran kommt.

Jeder Meter ein Kampf. Aber die Natur siegt; der Mensch hat sich unterzuordnen.

Und so trägt man das Schicksal mit größtmöglicher Gelassenheit. Verharmlost den Ernst der Lage nicht, gerät aber auch nicht in Panik. Betet natürlich: Dass die Dünenkette hält. Dass niemand dringend ins Krankenhaus muss. Selbst Sankt Nikolaus ist an einigen der Tage für mich unerreichbar, und als ich es doch hinschaffe, keuche und schwitze ich wie nach einem Marathonlauf: Es herrschte ununterbrochen Gegenwind. Aber selbst der Rückenwind holt einen von den Füßen, es ist aussichtslos.

Viel zu Hause bleiben kann ich dennoch nicht, denn berufliche Verpflichtungen bestehen fort und die Kundschaft verlangt Bilder von Strand, Zerstörung und brüllendem Meer. Also gehe ich raus, robbe mich bäuchlings zur Abbruchkante, die Kamera wie ein Baby in die Jacke geknöpft, Sand und Gischt in jeder Körperöffnung. Ab und zu sind ein paar andere Leute da: Manche als Katastrophentouristen, manche aus echter Sorge um die Insel, manche auf der Suche nach einem perfekten Foto, manche ebenso dienstlich unterwegs wie ich. Zweifelsohne gehört bei diesem Wetter aber nicht einmal ein Hund vor die Tür, und die meisten Herrchen und Frauchen lassen die Gassirunden wohl auch eher kurz ausfallen dieser Tage.

Die Erholung nach dem Sturm tut gut. Endlich braucht man für Wege nicht mehr dreimal so lang, endlich kann man wieder Festlandspläne machen und sogar Pläne für die Balkonbegrünung im Frühjahr.

Ich denke über diese kurze Phase der totalen Isolation nach, abgeschnitten vom Kontinent. Einzelne Fährausfälle oder mal einen Tag ohne Schiffe habe ich auf Langeoog schon erlebt, ebenso wie einige Stürme. Aber nicht mehrere Tage in Folge. Auch eingesessenere Langeooger erzählen, dass dies eher selten vorkommt; die Älteren erinnern sich noch an einige Winter, in denen die Insel von Eis umschlossen war, da kam man dann ebenfalls nicht weg, aber auch das ist schon länger her. Und so war dieser Orkan wohl doch kein ganz harmloser.

Es ist ein bisschen wie mit dem Unterschied zwischen Alleinsein und Einsamkeit, denke ich. Einsamkeit ist ein Wollen ohne Können: Man möchte gerne Menschen sehen, hat aber niemanden. Einsamkeit ist die Insel im Sturm: Man möchte raus, aber kann nicht, weil es kein Schiff gibt. Alleinsein ist dagegen nur eine Nichtwahrnehmung von Optionen, ein Können ohne Wollen: Man könnte Menschen sehen, aber man will nicht. Man könnte die Insel verlassen, entscheidet sich aber dagegen. Die Option des Könnens aber besteht.

Morgen aber hat die geografische Einsamkeit ein Ende: Die Schiffe fahren nach Plan und ich werde auf dem ersten davon sitzen.

Dazwischen ist ein Telefonhörer die „Rettungsschnur", wie es schon die wunderbare Ulla Meinecke besang: Ein Funksignal, das einem das geliebte Lachen über hunderte Kilometer ans Ohr spült. Oder sie ist ein Mensch, der ebenfalls auf dieser Insel eingeschlossen ist und mit mir gemeinsam nach draußen schaut: In Richtung Horizont, an dem es nun schon viel heller geworden ist.

Versuch

Der HERR macht es einem leicht mit dem Fasten und Büßen dieser Tage. Was Ersteres angeht, so verdirbt mir ein hartnäckiger Infekt ohnehin seit Wochen den Appetit, und in Bezug auf Letzteres hilft das Wetter. Es ist der Vorabend des ersten Fastensonntags, und ich quäle mich auf einem sterbenden Rad Richtung Kirche. Ständig springt der Gang raus; seitlich angreifende Windstöße lassen mich hin- und herschwanken wie in der Takelage eines Großseglers. Streckenweise komme ich keinen Millimeter voran, sodass ich absteigen und schieben muss. Überflüssig zu erwähnen, dass es dabei auch noch regnet — Wenn der Himmel zürnt, gibt's keine halben Sachen.

Nach einem Eindruck ewiger Höllenstrafen schließt das Sünderlein sein Fahrrad vor St. Nikolaus ab.

Drinnen gibt es kein Weihwasser. Zwar ist noch kein Karfreitag, aber derzeit hat ein neuartiger Virus die Welt im Griff; die Diözesen empfehlen entsprechende Vorsichtsmaßnahmen. Die anstrengende Fahrradtour hat einen leichten Asthma-Anfall bei mir ausgelöst; mein Husten ist mir peinlich, denn es macht mich als potentielle Virenschleuder verdächtig, was dank der medial befeuerten Massenpanik dieser Tage dem Leibhaftigen gleichkommt. Um diesen wiederum geht es in der Predigt, und der Priester erzählt einiges Bemerkenswertes dazu. Dass Sünde auch aus Dingen entspringen kann, die eigentlich etwas Gutes seien. Dass der Teufel menschliche Grundbedürfnisse nach Sicherheit, Geborgenheit, Aufmerksamkeit, Nähe oder dem Stillen von Hunger nutzt, um zu Dingen verführen, die das eigentlich Natürliche, Gute, Gottgewollte in Sünde verkehren: Zu Gier, Maßlosigkeit, Machtmissbrauch, Triebhaftigkeit, Hass und Hysterie als Folge des Gefühls einer wie auch immer gearteten Bedrohung und so weiter.

Eine für mich sehr nachvollziehbare Sache, über die ich in dieser Form bislang dennoch nicht nachgedacht habe.

Dabei waren die Versuchungen reichlich im noch jungen Jahr. „Ich bin ein Sünder", sagt sogar der Papst von sich, und wo soll ich dann erst anfangen.

Bei dem Wort „Verführung" denkt man ja immer schnell, dass der oder die Verführende „Schuld" ist, wobei mit „VerführerIn" hier ein Mensch gemeint sein soll und nicht der oft „Versucher" oder „Verführer" genannte Teufel, der ja nun zweifelsohne immer Schuld ist. Nun will ich aber nicht abschweifen; auf jeden Fall sinnierte ich viel über diese Begriffe dieser Tage und stellte mir unter anderem die Frage, ob die aktive Verführung tatsächlich immer schlimmer ist als das passive Erliegen ebendieser. Ist es mit dem TäterIn/Opfer-Konstrukt wirklich immer so einfach? Passen diese Begriffe überhaupt, vorausgesetzt natürlich, es handelt sich um einwilligungsfähige Erwachsene ohne vorliegendes Machtgefälle? (Von Missbrauch reden wir hier nicht!)

— Ich kam zu dem Schluss, dass in einigen Fällen das Fehlen eines „Neins" zur Versuchung wohl wirklich die größere Sünde wäre als das Anbieten der Option zum Sündigen. Vor allem, wenn Letzteres nicht der Eitelkeit oder profaner Notgeilheit entspringt, sondern ehrlicher Zuneigung und überdies einer Lebenswelt, in der katholische Sexualmoral schlicht keine Rolle spielt.

„Dein Wort sei Ja oder Nein" steht in der Bibel (Mt. 5,37), hat sich aber wohl auch unter kirchenfernen Menschen üblicherweise als Tugend durchgesetzt. *„I hob mi bemüht / oba es gibt kan Kompromiss / Zwischn ehrlich sein und link / A wann's no so afoch ausschaut / A wann's no so üblich is"* wienert sich Wolfgang Ambros durch das Lied *„I glaub, i geh jetzt"*, und damit hat der Mann auch „afoch" mal Recht, selbst wenn mir der Song ansonsten zu selbstmörderisch ist.

Aber ich wollte ja nicht abschweifen. Nehmen wir also den Fall, dass ein zweifelsohne attraktives Mitwesen einem offenkundig, wenn auch unverständlicherweise, aufrichtige Gefühle entgegenbringt, die man tatsächlich auch bis zu einem gewissen Grad zu erwidern in der Lage wäre. Aber eben nicht über diesen Grad hinaus, weil man vor Gott und Kirche mal etwas versprochen hat; weil man auch in vorkatholischen Zeiten wusste, zu welchem Preis man eine bestimmte Lebensentscheidung trifft und weil „Teile der Antwort die Menschen verunsichern könnten". (Die Zweckentfremdung des Bundesinnenminister-Zitats sei mir an dieser Stelle erlaubt.)

Kann man diesem zweifelsohne liebenswerten Mitmenschen dann trotzdem Hoffnungen machen aufgrund des eigenen Geschmeicheltseins von den Avancen, aufgrund kurzfristiger hormoneller Anwandlungen, aufgrund einer diffusen Sehnsucht nach Nähe, die auch meine ansonsten panische Angst vor ebensolcher nicht immer zu unterdrücken vermag? Kann man wollen, dass diese Person Zeit, Energie, Gefühl, schlimmstenfalls sogar Liebe in einen investiert und ihr damit womöglich die besten Jahre, ihre Schönheit und Jugend rauben?

— Meine Antwort sei Nein.

Kann man aber zugleich wollen, dass dieses Nein für Unverständnis sorgt, für Herzeleid, Tränchen gar, für den nicht ganz abwegigen Vorwurf, man würde mit Gefühlen spielen und wisse nicht, was man wolle? Es schmerzt, diese Entscheidung treffen zu müssen, mit dem Wissen, dass das eine ohne das andere nicht zu haben ist. Dass das kleine Leid hier aber wohl großes zu verhindern hilft. Und so sei die Antwort Ja.

Es gibt keinen Kompromiss zwischen ehrlich sein und link.

Wobei selbst das mit der Ehrlichkeit nicht immer einfach ist, zumindest in Bezug auf Detailfragen. „Es kann auch zur Sünde werden, Menschen mit Dingen zu konfrontieren, mit denen man sie überfordert", sagte mir einst ein Beichtvater. Nicht jede Wahrheit braucht also einen Mutigen, der sie ausspricht — um mal einen alten Werbespruch der BILD zu zerlegen, die zum Thema „Wahrheit" ohnehin eher die Fresse halten sollte. Und so hofft man, dass die liebende Person auch ohne Kenntnis sämtlicher Beweggründe alsbald vergisst, was nicht hat sein sollen und jemanden findet, der in ihr Leben passt und dieses bereichert, anstatt es zu verkomplizieren. Der Ball des „Nicht-Sündigens" liegt hier in meinem Feld, egal, wer „angefangen" hat. Ich werfe ihn ungern. Aber ich muss.

44

Es ist der erste warme Tag auf Langeoog, auch wenn er mit seiner schmutziggrauen Wolkendecke und dem ununterbrochenen Nieselregen noch nicht danach aussieht. Dennoch sind die 15°C Außentemperatur angenehm: Auf der Haut, in den Lungen. Es ist bereits dunkel, als ich auf die Straße trete. Die Luft riecht leicht nach Viehwirtschaft und Holzfeuer; darunter mischt sich der allgegenwärtige Duft salzigen Seewinds, den man sich am Ende des Tages von den Lippen lecken kann.

Es soll der letzte graue Tag sein auf Langeoog, da sind sich die Prognosen einig. Und mit der Wärme wird auch die Sonne kommen.

Bevor diese anderntags jedoch die Chance hat, in mein Schlafzimmer zu dringen und mich mit goldenem Licht zu wecken, werde ich kurz nach 6 von infernalischem Lärm aus der Wohnung über mir wach. Elefantöses Getrampel, das Anspringen einer Badlüftung; jemand strullt wie ein Wasserbüffel, begleitet von ausgiebiger Flatulenz. Die folgende Spülung klingt, als brächen die Niagarafälle durch die Decke — Ich bin wirklich schon romantischer geweckt worden. Danach wird auch die nächste Person über mir wach, Gespräche setzen ein, noch mehr Getrampel, das Vibrieren eines Mobiltelefons, noch ein Klogang: Schalldämmung scheint bei der Renovierung von Feriendomizilen gerade nicht en vogue zu sein.

Über dieses Sparen auf Kosten der Dauerbewohner breitet sich in mir Wut, die ein Wiedereinschlafen unmöglich macht; durchsetzt mit latentem Ekel über diese aufgezwungene Intimität von fremden Leuten. Und die Saison hat ja nicht einmal begonnen.

Mit der Laune unter Tage, da immer noch todmüde, quäle ich mich hoch und mache Kaffee. Die Sonne ist inzwischen über den Deich gekrochen und streichelt mit sanftem Licht Balkonblumen, Teppich und Bettwäsche. Noch ein wenig desorientiert schnappe ich mir das Kuschelkissen, das mir ein lieber Freund schenkte, einen Haufen Decken und den Kaffee und setze mich raus: Der erste echte Frühlingstag auf der Insel! Wie könnte ich ihn vergeuden?

Ich stelle mir den Freund vor und versuche statt an die ekligen Geräusche, mit denen mein Tag begann, an sein hübsches Lächeln zu denken und wie er nun, vermutlich gleichermaßen verschlafen, in seinen Kaffee guckt. Es hilft ein wenig. Auch das Sonnenlicht, das mein Gesicht berührt, ist tröstlich.

Die Leute über mir wollen den schönen Tag offenbar ebenfalls nicht verschwenden und verlassen das Haus. Eigentlich hatte ich Ähnliches vor, aber die plötzlich einsetzende, kostbare Stille treibt mich zurück aufs Bett und in die Arme erlösenden Tiefschlafs.

Als ich erwache, steht der Sonnenball bereits im Südwesten. Eine halbe Stunde Spaziergang ist erlaubt, sage ich mir, Blick und schlechtes Gewissen zwischen vollem Schreibtisch und Frühlingspracht vorm Fenster mäandernd: Eine halbe Stunde. Mehr nicht.

Es werden drei Stunden. Es gab schon mehr sonnige Tage in diesem Jahr, durchaus. Aber das jetzt ist Frühling; ich spüre seine belebende Kraft mit jedem Schritt Richtung Deich. Die Sonnenwärme fühlt sich anders an, das unvergleichliche Himmelsblau ist anders. An den Sträuchern blühen flauschige, pralle Weidenkätzchen und die Kiebitze turnen über den Äckern.

Die Entwässerungsgräben sind durch die Regenfälle der letzten Wochen zu kleinen Bächen angeschwollen, in den

Dünentälern gibt es ein paar neue Süßwasserseen, in deren stiller Oberfläche sich majestätische Wolken spiegeln.

Ein Schwarm Nonnengänse landet an; die Rinder, die ich am Vorabend nur roch, käuen träge vor der Deichlinie wieder.

Es ist ein Segen, dass ich all das hier meine Heimat nennen darf.

Touristen sind nur wenige unterwegs, die sogenannten „Karnevalsflüchtlinge" sind abgereist und die Oster-Reisewelle hat noch nicht eingesetzt. Hier draußen, mit jedem Meter Entfernung vom Dorf mit seinem Menschenlärm, wird wieder alles gut. Das Schnattern der Gänse, die walzertaktartigen Rufe der Kiebitze, der Gesang von Lerchen und Rotkehlchen, der Wind im Dünengras und die nahe Brandung — kann es schönere Geräusche geben?

Auch die Farben der erwachenden Natur rauben mir mit ihrer Schönheit den Atem. Ich betrachte das golden wogende Gras, den sattgrünen Rasen am Deich, den dunkel glänzenden Dünenbewuchs aus Krähenbeeren mit seinen gelben und grünen Farbtupfern aus Moosen und Flechten. All das möchte ich förmlich inhalieren, fühlen, umarmen und nie wieder loslassen. Jeder Blick ein kleines Gebet: Nie hätte ich gedacht, dass man ein Stück Land so sehr lieben kann. Und über und unter all dem leuchtet dieses unglaubliche Blau von Himmel und Wasser.

Es darf einfach kein Winter mehr werden, denke ich. Es darf einfach nicht. Und doch weiß man, dass der März ein fragiles Konstrukt ist.

Ein März ist kein Mai: So simpel, so wahr. Schnee, Kälte und Grau können noch jederzeit zurückkehren. Ein abgenagtes Vogelskelett am Rande des Weges zeigt mir, dass auch im Frühling nicht nur der Winter stirbt.

Das tote Tier erinnert mich an meine eigene Endlichkeit. Mein Geburtstag naht, und 44 ist keine schöne Zahl. In China, besonders im traditionell abergläubischen Süden, ist sie gar eine mittlere Katastrophe. Sìshísì. Mit südchinesischem Akzent ausgesprochen: Sísísì. Der dreifache Tod. Denn die Zahl Vier, sí, ist nahezu gleichlautend mit dem Wort für „sterben", sì. Es gibt in einigen chinesischen Hochhäusern und Hotels keine 4. oder 14. Etage. Zudem wurde ich 1976 geboren, dem sogenannten „Katastrophenjahr", das mit einem verheerenden Erdbeben in Tangshan und dem Tod der drei Politgrößen Zhou Enlai, Mao Zedong und Zhu De in die chinesische Geschichte einging. Das Einzige, was mich aus chinesischer Sicht da raushaut, ist meine Geburt im Zeichen des Drachen, die dort als etwas Gutes gilt.

Glücklicherweise bin ich in dieser Richtung nicht abergläubisch, auch wenn sich dem studierten Ostasienwissenschaftler in mir (wiewohl als solcher außer Dienst) diese Dinge zwangsläufig aufdrängen. Warum mir die Zahl dennoch nicht gefällt, kann ich nicht sagen. Sie ist wohl zu eindeutig keine Jugend mehr, aber auch noch ohne die Würde des Alters.

Für mich als Schüler waren 44jährige Männer Lehrer in Cordhosen, mit deren Kindern man in eine Klasse ging.

Farblose Personen, aber mit einer stabilen Existenz. Frau, Haus, fortgepflanzt, einige geschieden. Bausparverträge, Eigenheim. Die meisten waren nie weiter als 20km von ihrem Geburtsort weggezogen. Die Zähne schlechter werdend, die Haare dünner. Ich konnte mir diese Leute weder als Kinder noch als Greise vorstellen, sie waren halt irgendwie da und lebten unauffällig ihre Jahre ab.

Am Strand angelangt, lege ich mich kurz in die Sonne und dehne die schmerzenden Lendenwirbel. Irgendwo merkt man das Alter halt doch. Mit geschlossenen Augen lasse ich das Rollen der Brandung seine akustische Heilwirkung tun. Die Sonnenwärme entknittert spürbar die Winterseele.

Während ich dem Flutsaum heimwärts folge, formt sich in mir der Wunsch nach einem gnädigen Frühling. Nach warmen, schönen Tagen der Stille, bevor die Saison wieder lostobt. Nach Arbeit, die leicht von der Hand geht; nach dem Schutz eines stabilen Zuhauses, das mich vom akustischen, sozialen, politischen und sonstigen Wahnsinn der Welt für eine Weile abschirmt. Ich wünsche mir ein Jahr ohne existenzielle Geldsorgen, mit angstfrei verplanbaren Urlaubswochen, ohne Todesfälle in der Familie und bei guter Gesundheit: Es sind wohl die typischen Sehnsüchte eines langweiligen Mittvierzigers.

Und doch möchte ich vors dreifache Sterben erstmal noch eine Menge Leben setzen.

Virus

Nun ist sie also da, diese Schnapszahl, und es wird der erste Geburtstag sein, an dem mir nicht einmal mehr jemand die Hand gibt.

Die Angst vor dem neuen Virus treibt ungeahnte Blüten der Hysterie: Jeder Mitmensch ist potentiell keimschleudernd, also feindlich; in den Drogeriemärkten auf dem Festland gibt es keine Seife und kein Desinfektionsmittel mehr, in den Supermärkten plündert man im großen Stil Konserven und Mehl; skrupellose Gierhälse verdienen sich mit überteuerten Atemschutzvorrichtungen für die Bevölkerung eine goldene Nase, während diese für Pflegepersonal und Kranke (die sie tatsächlich bräuchten) knapp werden. Teilweise werden diese Dinge auch im großen Stil geklaut: In Krankenhäusern zapfen Leute die öffentlichen Steriliumspender in mitgebrachten Gefäßen für den Eigenbedarf leer; von der Kinder-Intensivstation der Charité raubten grenzenlose Egomanen die Vorräte an Atemschutzmasken. Und auch wenn ich sonst keinesfalls Freund alttestamentarischer Vergeltungen im Stile von „Zahn-um-Zahn" bin, so erhoffe ich doch zumindest, dass einige dieser Leute der Blitz beim Scheißen trifft.

Und was die Lebensmittel-Hamsterei betrifft, so bin ich mir sicher, dass Tonnen dieser gierig und missgünstig zusammengerafften Lebensmittel irgendwann eh weggeschmissen werden — aber so hat sie wenigstens kein anderer bekommen. „Ich glaube, dass die Decke der Zivilisation grundsätzlich sehr dünn ist und bei der kleinsten Belastung gleich Risse bekommt", resümiert ein lieber und kluger Freund treffend dieses Phänomen, das wohl nicht nur uns beide anekelt.

Auf Langeoog wurde bislang noch kein Virenbefall gemeldet und die Läden sehen noch halbwegs normal bestückt aus, allerdings ist es angesichts von BesucherInnen aus allen Teilen der Republik und von Fernreisen zurückkehrenden InsulanerInnen nur eine Frage der Zeit, bis der Erreger hier nachgewiesen wird. Darüber macht sich wohl niemand Illusionen. Ein bisschen skurril ist es dann aber doch, wenn man Personen, die man auf der überfüllten Mittagsfähre noch mit Mundschutz antraf, abends beim angeregten Plausch (ohne Mundschutz) in fröhlichem Damenkränzchen beobachtet, wo beim gemeinsamen Schnattern und Singen die Speicheltröpfchen nur so fliegen.

Als ob so ein Virus zwischen Freund und Feind unterscheidet. Als bekäme man es nur von feindlichen Fremden, aber nicht von der selbstgewählten Gesellschaft.

In der Kirche gibt es keinen Friedensgruß mehr und kein Weihwasser, und auch der neu angereiste Kurpriester verweigert den Handschlag. Wo sind wir, denke ich, wenn nicht einmal mehr dort Gottvertrauen herrscht? Aber die Virenangst ist (im Gegensatz zum Virus selbst) wohl wirklich schon überall, denn sogar im altehrwürdigen Dom zu Osnabrück, den ich dieser Tage besuchte, fehlte das Wasser in den Becken.

Während der Messe hustete mir ein Hintermann riechbar auswurflastig in den Nacken, und man muss kein Virologe sein, um zu dem Schluss zu gelangen, dass dies wohl riskanter als verweigerte Mundkommunion und ein Kreuz mit Weihwasser zusammen war. Es folgte eine Fahrt im vollen Zug, im vollen Bus, auf der vollen Fähre. Überall sprechende, hustende, schniefende Menschen, befummelte Haltestangen und Fahrkartenautomaten, ein sich im Fahrzeug erbrechendes Kind. Aber am Ende war's der Leib Christi oder ein Tropfen Weihwasser? — Sicherlich nicht.

Fehlt nur noch, dass die Hostie demnächst mit einer Zange oder Einmalhandschuhen angereicht wird wie ein Teilchen vom Bäcker, denke ich traurig und jammere im Herzen ein wenig über einen weiteren Aspekt der wunderschönen traditionellen Liturgie, der hier gerade vor meinen Augen, nunja: kontaminiert wird — Hoffentlich nur auf Zeit.

Immerhin wird durch die aktuelle Virenpanik einmal plastisch vor Augen geführt, was HIV-positive Menschen sogar heute noch nach einem Outing erdulden müssen: Dass andere plötzlich Berührungsängste haben. Dass Leute heimlich Dinge abwischen, die man berührt hat, dass es — wie mir einst jemand zu meinem Entsetzen erzählte — sogar enge Freunde gibt, die plötzlich eigenes Geschirr und Besteck in separierter Schrankecke für einen vorhalten. Dass Menschen auch heute noch keine Ahnung vom Unterschied zwischen HIV und AIDS haben, geschweige denn von Nachweisgrenzen und antiviraler Medikation. Auch die gängigen Infektionswege hielt ich naiverweise für gemeinhin bekannt, aber auch da soll es nach wie vor Leute geben, die meinen, dass beispielsweise Heterosexualität per se davor schützt. Oder dass Frauen dagegen immun sind.

Gäbe es einen für HIV und AIDS zuständigen Heiligen, würde ich diesen jetzt um Aufklärung und Verstand anrufen, aber so weit ist meine geliebte katholische Kirche wohl noch nicht. Bis dahin hilft vielleicht stellvertretend die heilige Corona — von deren Existenz der Durchschnittskatholik wohl ohne das neue Virus nie erfahren hätte.

Jedenfalls kann man angesichts des aktuellen Corona-Aufruhrs wohl erahnen, wie es sich anfühlen muss, von anderen für eine potentiell todbringende Keimschleuder gehalten zu werden; wenn jedes Husten Panik hervorruft, wenn einen selbst Vertraute plötzlich nicht mehr anfassen mögen, wenn sich Menschen von einem wegsetzen, weil man ein wenig blass aussieht oder sich schneuzt. Wenn man kurz davor ist, sich ein Shirt mit dem Aufdruck „Keine Angst, es ist nur Heuschnupfen!" anzuziehen, bevor man sich mit niesfreudiger Nase in die Öffentlichkeit wagt.

Ich für meinen Teil nehme die Sache durchaus ernst, laboriere allerdings seit Wochen an so vielen anderen Infekten herum, dass ein Corona-Virus den Braten vermutlich auch nicht mehr fett machen würde. Vorräte gebunkert habe ich auch keine, da mir Kraft, Geld und Lagerraum für Großeinkäufe fehlt; von fehlender Einsicht in die Notwendigkeit gar nicht zu reden. Es macht mich alles so furchtbar müde, und die persistierenden körperlichen Malaisen sind nicht die alleinige Ursache. Der Zustand unser Gesellschaft, der sich in Zeiten dieser neuen Art von Bedrohung zeigt, trägt entschieden dazu bei: Sozialdarwinismus vom Alleruntersten. Die Menschheit hat fertig, denke ich dann oft, und dass ich so wohl nie meine soziale Phobie in den Griff bekommen werde.

Aber immerhin ist es nun endlich ein Evolutionsvorteil, nur wenige enge Kontakte zu pflegen.

Neue Zeiten

Es sind noch nie dagewesene Zeiten. Alles, was erst vor zwei Wochen war, kommt einem bereits ewig lang her vor, denn nun ändern sich die Dinge täglich. Die Insel leert sich; der Virus ist auf Langeoog angekommen und alle Gäste sind angewiesen, zeitnah abzureisen. Die meisten halten sich daran; einige sind renitent: Das Nordseeklima würde doch gerade jetzt gut tun und es sei doch so schönes Wetter. Man habe den Urlaub bezahlt. Es gäbe ein Recht auf Beförderung. An den Anlegern Tumult; in Bensersiel steht die Polizei. Es darf niemand mehr kommen.

Das ist auch vernünftig und richtig, denn wir haben nur zwei Inselärzte. Und auch auf Langeoog leben ältere Menschen und Personen mit Immunschwächen, mit Spenderorganen, chronischen Atemwegserkrankungen oder Krebs, für die eine Infektion mit dem neuen Virus sehr gefährlich wäre. Zur Osterzeit würden sich hier Tausende ballen: Feriengäste, Tagesausflügler, Hochzeits- und Taufgesellschaften, Zweit- und Drittwohnungsbesitzende. Es wäre unmöglich, hier Ansteckungen zu vermeiden, mit all den Menschen dicht an dicht, die Ferienwohnungen im fliegenden Wechsel neu belegt: Geputzt, aber mitnichten steril. Und der Virus haftet vermutlich lange auf Oberflächen.

Von der wirtschaftlichen Dimension des Ganzen will ich nicht anfangen, aber die gesellschaftlichen Auswirkungen beschäftigen mich durchaus. Die Menschheit enthüllt so einiges dieser Tage — ungeahnte Widerlichkeiten, aber tatsächlich auch Gutes.

Übers Desinfektionsmittelklauen und Prügeln um Klopapier verliere ich keine Worte mehr; tatsächlich wurde von mir kürzlich noch Verständnis für derartige Eskalationen verlangt und mangelnde Empathie zum Vorwurf gemacht. Nein: ich habe keine „Empathie" für Hysterie und Rücksichtslosigkeit. Und zwar gerade, weil ich die Sache Ernst nehme. Im Übrigen sind, q.e.d., so gestrickte Bekannte auch nicht unbedingt ein Verlust, selbst wenn man sie bis dato für halbwegs vernünftig gehalten hatte. Die emotionalen Lunten sind kurz dieser Tage.

Die ersten Betrüger bereichern sich an der Angst vor dem Virus, um Leuten nutzlose Tests und überteuerte Hygienemittel zu verkaufen; andere setzen trotzig wie Kleinstkinder ihr Recht auf „Spaß" und Auftritt im Rudel durch, solange der Staat keine Ausgangssperre verhängt. Andere betrachten selbst Familienmitglieder plötzlich als Feinde, wenn diese ihren Wohnsitz in besonders befallenen Gegenden haben. Irgendwer wurde wegen eines Hustenanfalls auf offener Straße verprügelt: Asthmatiker, chronisch Lungenkranke oder schlicht erkältete Menschen haben derzeit gleich doppelt schlechte Karten. (Fun fact: Zum Verprügeln eines potentiellen Virenträgers muss man diesen anfassen und kann, ohne Zuhilfenahme eines Besenstiels o.ä., vermutlich auch keinen Mindestabstand einhalten. Aber Logik ist bei manchen wohl ebenso vergriffen wie das Klopapier in den Supermärkten dieser Tage.)

Generell wird viel gestritten, und es ist wohl davon auszugehen, dass nach Ende der allseits geforderten Selbstisolation die Scheidungsraten ebenso ansteigen werden wie die Geburtenraten.

Es wirkt, angesichts des absoluten Ausnahmezustands und angesichts von mittlerweile vielen Tausend Toten, etwas zynisch, jetzt über das Gute im Schlechten zu reden.

Und dennoch finde ich, dass es Dinge gibt, die Erwähnung verdienen.

Da ist zum Beispiel meine Beobachtung, dass das Herunterregeln sozialer Aktivitäten und Vermeiden physischer Kontakte wider Erwarten nicht für noch mehr soziale Kälte sorgt, sondern vielmehr eine ganz eigene Form von Nähe schafft.

So geben einem die Leute zwar nicht mehr die Hand, aber dafür sehen sie einem plötzlich in die Augen. Und es wird sogar mehr gelächelt. Etliche Menschen erscheinen mir plötzlich weicher im Umgang; viele einstudierte Höflichkeitsformen funktionieren nicht mehr: Das gemeinsame Suchen neuer Wege bringt einen dabei auf gewisse Weise ganz neu zusammen — trotz der körperlichen Distanz.

Und das, was man an Nähe haben kann, gewinnt auf einmal doppelt und dreifach an Wert: Das liebe Gesicht, das auf dem Telefondisplay mit einer Nachricht auftaucht, die vertraute Stimme am Telefon, das freundliche Winken im Vorbeiradeln.

Die Möglichkeiten der Sozialen Medien zum Kontakthalten entpuppen sich plötzlich wieder mehr als Segen denn als Last.

Man darf nicht mehr in die Kirche gehen, aber es wird wieder mehr füreinander gebetet. Viele Klöster, Gemeinden und Bistümer schalten Livestreams zu privat gefeierten Messen und Chorgebeten. Es gibt zusätzliche Seelsorgeangebote per Telefon oder E-Mail für alle, die Angst haben oder sich alleine fühlen.

Was Letzteres betrifft, so bin ich zurzeit sehr froh, dass ich zu den Menschen gehöre, die aus dem Alleinsein sogar Kraft schöpfen und ein Gefühl der Einsamkeit eigentlich nur aus erzwungener Gesellschaft oder unglücklichen Beziehungen kennen: Mit der Quarantäne schlägt die Stunde der Introvertierten.

Mit einem Freund, der sich ähnlich gut wie ich mit Introversion, Sozialer Phobie und depressiven Episoden auskennt, mache ich sogar Scherze darüber. „Meine Erfahrung mit sozialer Isloation kommt mir jetzt zugute", sagt er,

„Also *das* kann ich."

Ich wiederum lebe seit inzwischen 16 Jahren alleine, arbeite von Zuhause aus und bin es gewohnt, dass ich tagelang niemanden sehe, niemand mit mir redet oder mich wochenlang niemand umarmt; meistens will ich das ja auch gar nicht anders. Ich habe unzählige Bücher, ein gewaltiges Musikarchiv und kann mich nicht mehr erinnern, wann ich mich zuletzt gelangweilt hätte: Vermutlich war es sogar unter Leuten. Ich hatte nie einen besonders ausgeprägten Herdentrieb; *Quality time* mit ein, zwei vertrauten Personen war mir immer lieber als Gruppenevents und Smalltalk-Kasualitäten. Aber ich weiß auch, dass es Menschen gibt, die diesbezüglich sehr anders gestrickt sind, und ich ahne, dass diese nun leiden.

Und natürlich macht es auch für mich einen Unterschied, ob menschliche Nähe zumindest theoretisch möglich wäre oder ob sie definitiv unmöglich ist.

Ähnlich ist es mit der Abschottung der Insel. So sehr ich es gutheiße, dass sich unter potentiell infizierte InsulanerInnen (es gibt bereits bestätigte Fälle) nicht noch unzählige potentiell infizierte Touristen mischen, so sehr hat es etwas Bitteres, dass meine Eltern oder besten Freunde aktuell auch nicht auf die Insel gelassen würden. Und dass ich sie, sollte jemand von ihnen ernsthaft erkranken, auch nicht im Spital besuchen dürfte.

Aber es muss wohl sein. Jeder Einzelne hat nun die Chance, mit seinem ganz persönlichen Verhalten, mit seiner Selbstdisziplin und Weitsicht, die Schwächsten dieser Gesellschaft zu schützen. Es muss Schluss sein mit dem egozentrischen Ichichich. Was sind schon zwei, drei Wochen Verzicht, wenn es Leben rettet?

Und was das Ichichich betrifft, so beschäftigt mich im Übrigen auch die Frage, warum viele Leute einerseits so grässlich egoistisch sind und auf der anderen Seite so schlecht allein sein können. Ist in diesen Fällen der andere vielleicht gar kein echtes Gegenüber, sondern nur Applausspender, Spiegel, Entertainment? Möglicherweise ist nun eine gute Gelegenheit, zu lernen, sich selbst zu ertragen. Sich selbst wahrzunehmen ohne Umweg durch die Bewertung anderer.

Vor allem aber finde ich an der gegenwärtigen Lage positiv, dass sie einige Prioritäten zurechtrückt. Wenn sogar die FDP die Idee eines lukrativen Geschäfts (Hier: Verkauf von Exklusivrechten an einem Impfstoff) moralisch unter aller Sau findet, ist viel gewonnen. Wenn die Politik Berufstätigen in der Krankenpflege, in der Feuerwehr, bei Polizei und Rettungsdiensten endlich explizit Systemrelevanz zugesteht und ihnen deswegen sogar Vorrechte bei der Not-Kinderbetreuung einräumt. Wenn selbst die schlimmsten Haifischkapitalisten im Umfeld plötzlich den Satz „Gesundheit geht vor" über die Lippen bringen. Wenn sich fremde Menschen statt mit „Auf Wiedersehen" mit einem aufrichtigen „Bleiben Sie gesund!" voneinander verabschieden. Dann, denke ich, bringt das Ganze die Gesellschaft unter einigen Aspekten vielleicht sogar voran. Und die Menschen zu einem echteren und ehrlicheren Miteinander, weil man plötzlich auch Fremde in ihrer Verwundbarkeit wahrnimmt und nicht nur die engsten Vertrauten.

Auch für die Erde ist diese Krise nicht nur schlecht. Venedigs Kanäle führen erstmals klares Wasser durch den ausbleibenden Touristen- und Kreuzfahrtbetrieb. Die Atmosphäre erholt sich ebenso wie die Naturschutzgebiete. Auf Langeoog ist ein höherer Bruterfolg bei den Zugvögeln zu erwarten, da mehr menschliche Störungen ausbleiben. Und vielleicht betrachten sich demnächst sogar die Langeooger ein wenig mehr als große Inselfamilie: Ich bin jedenfalls schon jetzt froh, endlich einmal sehen zu können, wer hier eigentlich dauerhaft lebt und wer nicht. Denn mit dem Abreisen der letzten Gäste zeigt sich, in welchen Häusern nachts wirklich noch Licht brennt. Und wer einem auf leeren Straßen noch immer entgegenradelt.

Unschuld

Als es dämmert, macht sich ein eigenartiges Heile-Welt-Gefühl breit. Wieder einmal wurde ich viel zu früh unfreiwillig wach. Im Pyjama trete ich ans Fenster; in dieser eigenartigen Phase des Schlafentzugs, die eine überraschende Klarheit und Euphorisierung mit sich bringt, einzig getrübt durch das Wissen um den Vorschlaghammer an Müdigkeit, der mich in wenigen Stunden ereilen wird.

Aber davor sehe ich mir den Sonnenaufgang an. Zunächst in kühles Pastell getaucht, fängt der Himmel nur wenig später an zu brennen. Ein Feuerwerk an Orange- und Rottönen durchdringt die nur dünne Wolkenschicht, bevor die Sonne als leuchtend goldener Ball über den Horizont kriecht.

Es ist faszinierend, was dieser Anblick auslöst. Je höher der Sonnenball steigt und mit seinem Licht die Straßen flutet, desto sicherer bin ich, dass alles gut wird. Dass ein Tag mit 24 Stunden neuer Hoffnung vor mir liegt; dass die Schönheit dieser Welt keine Pause macht, und das Gute auch nicht. Ich trete auf den Balkon in die klare, frostige Seeluft. Mir ist kalt, aber ich will nichts von diesem Moment verschwenden. Der Himmel färbt sich in rasender Geschwindigkeit um; bald ist das Feuerwerk nur noch ein leises Farbenspiel in Blütentönen, umgeben von einem so unschuldigen Blau, als wäre dies der allererste aller Tage. Auch mein T-Shirt, in dem ich friere, hat dieses Babyblau. Ich mag es sehr, auch wenn ich mich immer auf eine gewisse Weise verletzlich darin fühle, weil dieser Farbton wohl jedem Menschen noch etwas Kindliches verleiht; die weiche, abgeliebte Vintage-Baumwolle tut ihr Übriges. Aber ich schlafe auch gern darin, weil auch der Schlaf — so er denn kommt — etwas Unschuldiges an sich hat oder zumindest eine Nacht zwischen mich und die Sünden des vergangenen Tages bringt. Und 24 Stunden neuer Möglichkeiten.

Doch die Zeiten sind alles andere als unschuldig. Der neue Virus hat die Insel fest im Griff, beziehungsweise die Maßnahmen zur Verhinderung seiner Ausbreitung. Offiziell gibt es keine Infektion mehr auf Langeoog, aber jeder Mensch, der nicht vollkommen naiv ist, weiß, dass es bis zur nächsten Ausbruchswelle eine Frage der Zeit ist. Die Touristen und Zweitwohnungsbesitzenden sind abgereist, aber bis zum heutigen Tage pendelten noch Arbeiter hin- und her; hinzu kommen nach wie vor von Urlaubs- und Fernreisen zurückkehrende InsulanerInnen. Es wird kein Ostergeschäft geben; die Läden und Restaurants mussten schließen, einzig Apotheke und Supermärkte haben noch offen. Die meisten Vermietenden werden es verkraften: Während sehr viele Angestellte am Existenzminimum krebsen, gibt es auf Langeoog zweifelsohne auch Superreiche, die Immobilien shoppen wie andere Leute Brot. Etliche davon leben nicht einmal dauerhaft auf der Insel, haben sich aber ein gewaltiges Stück Langeoog gekauft. Sehr viele, zurzeit leerstehende Luxuswohnungen und -villen zeugen davon; sie gähnen einen aus leeren, schönen Augen an. Geputzt von irgendeiner bedauernswerten Mindestlohnkraft, die nun wirklich die Arschkarte gezogen hat.

Von den Rentnerinnen und Rentnern der Insel, die sich mit der Vermietung des Fremdenzimmers im selbstgemauerten Anbau ihren kargen Lebensunterhalt aufstocken oder auch nur die Früchte eines entbehrungsreichen Lebens ernten, reden wir an dieser Stelle nicht; Gleiches gilt für alle, die mit Fairness, Augenmaß und Sozialverträglichkeit am Tourismus verdienen.

Ich meine die anderen.

Die erste Kündigungswelle ist angerollt, und wie immer trifft es zuerst die Leute im Niedriglohnsektor, d.h. in einer Gehaltsklasse, wo es unmöglich ist, Rücklagen zu bilden. Diese Menschen stehen jetzt vor dem Nichts — insbesondere jene, wo der Arbeitsvertrag an die Dienstwohnung gekoppelt ist und der Arbeitgeber feudalherrenesk auf unverzüglichen Auszug drängt. Aber wohin, wenn keine Behörde auf hat und keine Übergangsunterkunft, wenn kein Bus mehr vom Anleger wegfährt, um einen mit den Trümmern seiner Inselträume irgendwo aufs billigere Festland zu bringen, wenn keine Menschen mehr eingestellt werden und für noch weniger Menschen arbeitgeberunabhängiger Wohnraum zur Verfügung steht? Und das Traurigste ist, dass diese Arbeitgeber ihr Personal teils nicht einmal kennen, dessen Existenz sie binnen Stunden vernichten. Vom Kontinent aus, in den wohlhabendsten Gegenden der Republik, regiert es sich leichter, wenn man seinem überflüssig gewordenen Nutzvieh bei der Schlachtung nicht in die Augen sehen muss.

Man muss kein Kommunist sein, um das gewissermaßen ekelerregend zu finden, und ich weiß nicht, wie man mit dieser Schuld leben kann. Ich hätte auch gerne mehr Geld, ja. Aber nicht um diesen Preis.

Andere werden auf Kurzarbeit gesetzt. Ich kann nicht ausschließen, dass auch mir das blüht, und es würde hart. Aber ich würde meine Wohnung behalten können, ich würde zur

Not einen Kredit bekommen, ich würde nicht hungern und meine Medikamente bezahlen können. Ich wäre, obwohl als Kurzarbeiter ebenfalls nur knapp oberhalb der Armutsgrenze angesiedelt, noch immer Gottweißwie privilegiert und bin mir dessen vollumfänglich bewusst.

Mit tun die Leute unendlich Leid, bei denen es nicht so ist. Und in die ich mich, als ich noch im Hotel arbeite, spätestens jetzt hätte einreihen müssen.

Von Menschen abhängig zu sein, hat mir noch nie gefallen. Komplett selbst für Gedeih und Verderb der eigenen Finanzlage verantwortlich zu sein, bringt indes andere Schwierigkeiten mit sich, und so bin ich zufrieden mit dem größtmöglichen Maß an Freiheit mit dem Mindestmaß an seelenberuhigender Sicherheit, das ich zurzeit erleben darf. Gott möge es mir erhalten.

Unter normalen Umständen, also mit Touristen auf der Insel, hätte der neue Tag schon kurz nach Sonnenaufgang seine Unschuld verloren. Die Geräusche aus den Nachbarwohnungen hätten mich an alle Niederungen menschlicher Existenz erinnert, die ersten Hunde hätten den Vorgarten vollgeschissen und die ersten Übermütigen wären johlend und klingelnd in großen Gruppen Richtung Jugendherberge gepest; ein Ehepaar hätte sich vielleicht unter meinem Fenster angeschrien, ein Kleinkind seine Trotzphase im Hausflur ausgelebt. Dazu Türenknallen, Klatsch im Treppenhaus, Möbelrücken auf den Balkonen, Pferdegetrappel, Baulärm von den letzten, eilig zur Saison hochgezogenen Neubauten.

Nun ist es Nachmittag und ich höre nichts. Ich sehe auch nichts. Außer dem einheitlich blauen Himmel, der leeren Straße mit ihren hübschen Narzissenbeeten links und rechts, und ein paar Möwen, die mit leisen Rufen darüber kreisen und ihre Schatten auf die roten Pflastersteine werfen.

Ab und zu lässt der Lutheraner seine Kirchenglocken ertönen, obwohl das Gotteshaus längst zugesperrt ist. Zum ersten Mal in meinem Leben — und auch in dem meiner Eltern und Großeltern — wurden Gottesdienste von der Regierung landesweit verboten. Das hatten sich nicht einmal die Nazis erlaubt, und auch nicht die Kommunisten. Es gibt ein Foto aus Kriegszeiten, auf dem ein Priester seine Hostie in den Trümmern der Kirche zum Himmel hebt; ein Lichtstrahl trifft den Leib Christi durch die Scherben des zerbombten Fensters. Betende Knien im Staub zwischen zersplitterten Holzbänken. Alles ist dreckig. Aber das Chorgewand des Priesters ist rein, und auch die Hostie. Es gibt Dinge, die kein Terror, kein Krieg, keine Armut beschmutzen kann. Und nun trennt uns ein Virus sogar vom Allerheiligsten.

Freilich, die sozialen Medien haben auch in das Glaubensleben Einzug gehalten. Viele Klöster und Bistümer schalten Livestreams und man kann vor dem Display mitbeten. Aber jede Sinneserfahrung — außer dem Sehen — fehlt hier, und ich denke natürlich auch an all die älteren Menschen ohne Interneterfahrung, denen nicht einmal diese Möglichkeit gegeben ist. Es wird ein trauriges Ostern ohne

Kirche, auch für mich.

Es wird keine Familie geben, keine Gemeinde, keine Karfreitagsbeichte und keine Osterkerzen, die das Dunkel der Nacht erhellen. Ich bin allein und muss das auf behördliche Anordnung auch bleiben — wie jeder Mensch, der seinen Haushalt aktuell mit keiner weiteren Person teilt. Doch in den Läden biegen sich die Regale unter den Ostersüßigkeiten, als wäre dieses Jahr nicht alles anders.

Ich habe mir einen dieser goldenen Schokoladenhasen gekauft, die ein rotes Halsband mit einem kleinen Glöckchen daran tragen. Ich nehme den tumb dreinblickenden Hasen in die Hand und wende ihn etwas ratlos hin- und her. Bald wird er ein Stück zerfetzter Goldfolie sein und das plissierte Halsband für Jahre irgendwo zwischen Büroklammern und Gummiringen liegen. Ob der Virus-Wahnsinn dann schon vorbei sein wird und der normale Saison-Wahnsinn einziehen kann, kann man nicht wissen.

Derweil wirft das winzige Glöckchen einen feinen, zarten Laut in die vollkommene Stille.

Nähe

Ich habe Langeoogs Straßen schon leer gesehen. Die Geschäfte geschlossen, der Strand eine einzige, gewaltige freie Fläche. Nur ist dann meistens November. Auf den abgetakelten Caféterassen sammelt sich Regen, über den

Dünen liegt kalter Winteratem.

Jetzt aber tobt das Leben. Zumindest alles, was nicht-menschlicher Natur ist, denn die Corona-Krise hat die Insel mitten im herrlichsten Frühling erwischt; bei einem Wetter, wo sich Langeoog im Vorjahr schon gebogen hätte vor Tagesausflüglern und Osterferien-Anreisen. Es ist ein bisschen surreal, denn sogar das Traditionscafé, das sonst praktisch immer auf hat — zuweilen als einziges Etablissement neben der Kneipe am Wasserturm — hat nun zu; und die Kneipe natürlich ebenfalls. Und so radele ich durch absolut stille Straßen, gesäumt von einem Narzissenmeer, überschattet von blütenschweren Zweigen und überdacht von einem leuchtenden, königsblauen Himmel. Ein bisschen fühle ich mich wie in einer Filmkulisse kurz vor Drehbeginn: Vermutlich stehen sie noch im Depot, die vielen Kutschen, und die vielen Menschen mit Rollkoffern, Rädern und Bollerwagen warten nur auf das „Und … Bitte!" der Regisseurin. Aber niemand kommt. Die Insel ist dicht. Einige Insulaner sind's vermutlich auch, aber sie saufen zumindest nicht mehr da, wo man sie durch ein Fenster mit dem Kopf auf dem Tresen sehen kann.

Ich gehe der Arbeit nach, die ich auch sonst mache, abzüglich der Veranstaltungsbesuche. Insofern hat sich mein Alltag wenig verändert. Und für gewöhnlich liebe ich ja Stille — warum sonst hätte ich die Stadt verlassen und auf einer Insel leben wollen? Dass auf Langeoog in der Hochsaison teils ein Lärmpegel herrscht wie im Neuköllner Prinzenbad am Samstagnachmittag, hatte ich mir trotz etlicher Urlaube indes nicht vorstellen können. Angesichts des ernsten Hintergrunds mit zu erwartenden dramatischen sozialen und wirtschaftlichen Folgen scheint es ungehörig; dennoch erwische ich mich dabei, diese pittoreske Einsamkeit der Insel zumindest unter ästhetischen und akustischen Aspekten sehr zu genießen.

Die Tiere verlieren zunehmend ihre Scheu. Zwei Fasanenhähne ledern sich mitten auf der Straße um irgendein gefiedertes Weibsbild — ich erwähnte es: Es ist Frühling. Ein Rotkehlchen trinkt aus einer kleinen Pfütze, keinen halben Meter von meinem Fuß entfernt. Ich sehe Arten aus nächster Nähe, die ich noch nie oder zumindest noch nie ohne Fernglas gesehen habe. Rotdrosseln, Wiesenpieper, Steinschmätzer. Die ersten Löffler lassen ihren strahlend weißen Federschopf entlang der Bahngleise im Wind wehen. Die Bahn fährt jetzt nur noch selten; mit überwiegend schweigender Fracht.

Es herrscht keinerlei Mangel. Die Supermärkte sind reich bestückt, man hatte sich schon auf den Frühlingsansturm vorbereitet. Sogar das weiße Rollengold, um das sich auf dem Kontinent mit einer Brachialgewalt gestritten wird, als hätte die Menschheit nie den Waschlappen erfunden, gibt es in ausreichender Menge. Seife auch.

Aber je näher die Tiere kommen — auch unzählige Zugvögel sind bereits wieder angereist — desto mehr Abstand halten die Menschen. Nicht unbedingt von den Tieren (das wäre gerade in der Brut- und Setzzeit sehr wünschenswert), aber voneinander; der von der Regierung auferlegten

Hygieneregeln wegen. Das ist auch gut und vernünftig, aber tatsächlich fällt sogar mir die Umstellung etwas schwer. Zwar gehört es ohnehin nicht zur norddeutschen Mentalität, sich über Gebühr abzubusseln oder Körperkontakt zu suchen; traditionell gibt man sich auf Langeoog sogar grundsätzlich nicht die Hand. Zuneigung wird über verschiedene Betonungen von „Moin" ausgedrückt, die von „Gott sei mit dir, du schönstes aller Geschöpfe auf diesem zauberhaften Erdenrund" bis „Verpiss dich, du Arschgeige" alles bedeuten können. Im Falle des schönen Geschöpfes nickt man als Höchstmaß an Sympathiebekundung noch dazu. Das war's dann aber auch.

Allerdings gibt es Ausnahmen, die eine gewisse Unbeholfenheit mit sich bringen. Eine von mir sehr geschätzte Bekannte hatte Geburtstag. Ich kaufte ein kleines Geschenk und eine Postkarte; beides plante ich ihr in den Briefkasten zu werfen: Social distancing, you know. Nun kam sie mir aber per Zufall auf der Straße entgegen. Ihre Jacke leuchtete mit den Frühlingsblumen auf meiner Karte und ihrem Lächeln um die Wette; sie zog einen Handwagen mit Kartons hinter sich her. „Ich hab was für dich" sagte ich, tölpelhaft wie ein Schuljunge, und wedelte mit den Präsenten in ihre Richtung. „Danke" klang es aus Sicherheitsabstand zurück. Ich hätte ihr die Sachen gerne gegeben, aber da war ja noch was (social distancing, you know), und Handgeben oder Umarmen ging deswegen schon gar nicht — nun also: wohin damit? Und wie gratulieren? Ich warf das Geschenk in meiner Verlegenheit mit Schwung und „Herzlichen Glückwunsch" in den Bollerwagen, radelte mit einem überforderten „Ich muss dann mal weiter" zurück und kam mir selten bescheuert vor. An meinem Geburtstag war sie noch als Überraschungsbesuch zum Tee gekommen: Kalendarisch feiern wir im selben Monat. Dieses Jahr tun wir das in Parallelwelten.

Morgen werde ich nach langer Zeit eine liebe Freundin wiedertreffen. Sie war im Urlaub, ich gestresst, und so sahen wir uns lange nicht. Es wird mir absurd vorkommen, sie nicht oder nur mit schlechtem Gewissen zur Begrüßung umarmen zu können. Schließlich wimmeln die Sozialen Medien bereits vor Denunziationsfotos von Menschen, die sich nicht um die Gebote des physischen Abstandhaltens scheren. Ich schere mich zweifelsohne darum; der Ernst der Lage ist mir bewusst. Absurd anfühlen wird es sich trotzdem, wenn das Selbstverständliche — einen lang vermissten Menschen in die Arme zu schließen — plötzlich nicht mehr selbstverständlich sein darf.

Als Person, die leider Gottes einige Erfahrung darin hat, in Liebesdingen nur heimlich verbandelt zu sein, weiß ich allerdings auch, dass es durchaus möglich ist, sich auch ohne Berührungen nah zu sein. Es ist möglich, jemanden nur mit Blicken zu streicheln und all seine Hingabe in ein Lächeln zu packen, wenn der geliebte Mensch nicht offiziell zu einem stehen kann oder will.

Und so müssen wir wohl auch jetzt, in diesen Zeiten notgedrungener Distanz, neue Formen der Nähe finden. Wir müssen unsere Liebe durch eine Telefonleitung jagen, unsere Zuneigung in unsere Texte flechten und die Wärme unserer Hände in unsere Gedanken. Ich bin sicher: Irgendetwas wird auch davon ankommen.

Start

Von der Wohnung, die nicht meine ist, schaue ich über nebelumhüllte Straßen. In der Nacht muss es geregnet haben; das rote Dach glänzt vor Nässe, die Pollen und Staub des vergangenen Frühlingstages sind weggespült. Es ist noch früh; die Morgensonne hat sich als milchiger Ball gerade erst über den Horizont erhoben.

Die Austernfischer lassen seit Stunden ihr Trillern ertönen, auch der Fasan meckerte zeitig in den Dünen. Nun stimmen auch die Stare ein, die Lerchen, Amseln und Rotkehlchen. Ein neuer Tag in dieser unwirklichen Zeit.

Die Freundin verabschiedet sich zur Arbeit. Ich trinke ihren Kaffee am Fenster und sehe zu, wie der Nebel die Insel Stück für Stück verschluckt. Aber es wird nicht lange dauern, dann wird er die Schönheit des Weltnaturerbes wieder den Blicken preisgeben; unter einem wolkenlosen Himmel in all ihrer Frühlingspracht.

Die Natur lässt sich von keiner Corona-Krise aufhalten. Und die Liebe wohl auch nicht.

Sehr viel ist ein wenig unwirklich in diesen Tagen. T-Shirtwetter, und dennoch ein menschenleerer Strand. Ein leergefegtes Inseldorf mit verschlossenen Läden. Eine leere Kirche, kurz vor den Ostertagen; eine einzelne Kerzenflamme flackert unter der Gottesmutter durch den Luftzug der offenstehenden Tür. *Porta patet, cor magis.*

Ich stelle eine weitere dazu und weiß nicht, was ich Gott erzählen soll. Aber ich bin da. Und ER ist es auch.

Sehr viel ist neu in diesen Tagen, und man wagt sich auf fast vergessenes Terrain, unsicher wie als Kind mit Schlittschuhen auf dem Eis.

„Und was ist, wenn es nicht funktioniert?" — „Wenn man es nicht versucht, kann man es nicht wissen." So ist das wohl.

Irgendwann stolperte ich beim Schlittschuhlaufen über einen halb aus dem Eis ragenden Ast; ich schlug der Länge nach hin und hatte ein blaues Auge. Auf dem Kemnader Stausee war das, und dennoch hörte ich nicht auf, das Schlittschuhlaufen zu mögen. Und auch der See ist mir ein alter Freund.

Die Freundin kennt den See; wir teilen eine Heimatregion. Und so verbindet uns auch eine Mentalität und vieles, das keine Worte braucht.

Der erste wirklich warme Tag liegt hinter uns. Die ersten LangeoogerInnen tummelten sich in Badekleidung am Strand, einige wagten sich sogar in die noch kalte Nordsee. Die Gemeinde hat einige Strandkörbe zur freien Verfügung aufgestellt; vor allem zum Sonnenuntergang sitzen dankbare Inselbewohner darin, um einen weiteren Tag im Corona-Wahnsinn zu verabschieden. Einen weiteren Tag, an dem

nichts mehr normal scheint. Aber was ist schon normal? —
Eine uralte Frage, deren Antwort mich aber tatsächlich
noch nie interessiert hat.

„Bist du jetzt heterosexuell?" Nein. Denn Schubladen in-
teressieren mich auch nicht, und dieser Mensch, der noch
so neu in meinem Leben ist, mich aber aus irgendwelchen
Gründen tatsächlich zu lieben scheint, sieht das genauso.

Ich kann nicht behaupten, dass mir das nicht gefällt, oder
dass es nicht auf Gegenseitigkeit beruhte. Aber manchmal
sind einem auch schöne Dinge erst einmal noch fremd und
man beobachtet sie mitunter staunend, als wäre man selbst
nicht beteiligt.

Auch die ganz ungewohnte Dimension der Unkompliziert-
heit lässt mich noch etwas ungläubig an die Sache herantreten. Plötzlich riskiert man keine angewiderten Blicke
mehr. Man muss sich nicht mehr vorsichtig umschauen,
bevor man es wagt, den anderen zu berühren. Es gibt plötzlich keinen Grund mehr, sich zu verstecken. Und auch keine moralischen Hindernisse: Keinen Ehering, keinen Pries-
terkragen.

Freilich, da gibt es den Inselklatsch. „Ich wünschte, ich
könnte dich vor den dämlichen Sprüchen der nächsten Zeit
beschützen", sage ich. Aber da müssen wir jetzt beide allein durch, denn selbst wenn man sich an einer künftigen
Gemeinsamkeit versucht, ist das Ja zum anderen doch jeweils eine einsame Entscheidung, mit all ihren Konse-
quenzen.

Es ist sehr still am Strand. Zwar sind fast alle Strandkörbe besetzt, aber aufgrund der Hygienebestimmungen sind die meisten Menschen nur allein oder zu zweit unterwegs; es gibt keine lärmenden Gruppen, wie sie sonst um diese Zeit schon die Insel bevölkern würden. Alle unterhalten sich leise oder lauschen reglos, die Gesichter von der tiefstehenden Sonne vergoldet. In die Rufe der Seevögel und das leise Rauschen des Windes im Dünengras mischt sich das gleichmäßige, einschläfernde Atmen der See. Es ist ungewohnt, nun wieder einen anderen Menschen neben mir atmen zu hören, nach all den Jahren der Angst: Der Angst vor Nähe, der Angst vor dem Entdecktwerden, der Angst vor Höllenstrafen. Der Angst vor den eigenen Gefühlen. Der Angst vor der Verantwortung für das Glück und Leid eines anderen, der einem vertraut und sich so gewissermaßen ausliefert, so wie man sich immer in Liebe ausliefert.

„I don't know where we're going, but God, it's a start" heißt es in einem Lied von Tom Rosenthal, und das trifft den status quo wohl ziemlich genau. Aber es ist schön, in diesen Tagen der Distanz eine Entscheidung für Nähe getroffen zu haben. Und in dieser Zeit, wo alles Gewohnte auseinanderzubrechen scheint, plötzlich jemanden zu haben, der in unerschütterlichem Heldinnenmut irgendetwas mit „für immer" plant.

Wunder

Lumen Christi.
Lumen Christi.
Lumen Christi.

Mit diesem dreifachen Ausruf beginnt die Feier der Oster-
nacht. „Deo gratias", antworte ich, umhüllt von Weih-
rauchduft. Die Flamme der großen Osterkerze im Dom
erleuchtet reihum alle anderen Kerzen und erhellt das
Dunkel des mächtigen Sakralbaus; das Gesicht des Bischofs ist nun wieder gut erkennbar. Auch meine Osterkerze ist jetzt entzündet. Aber ihr Lichtschein fällt auf keine
Kirchenbank oder auf einen altehrwürdigen Steinfußboden.
Niemand neben mir raschelt mit dem Gotteslob. Der
Schatten meiner Finger zittert im flackernden Kerzenlicht
über der Tastatur, und den Weihrauch habe ich selbst ver-
brannt.
Das Weihwasser wird gesegnet. *„Fest soll mein Taufbund
ewig stehen"*, singe ich mit dem Kantor und erwarte fast,
dass mich ein paar heilige Tropfen aus dem Aspergil erreichen; erfahrene Kirchgänger nehmen rechtzeitig dafür die
Brille ab. Aber niemand singt mit mir. Und natürlich erreicht mich auch kein frisches Weihwasser. Denn ich ver-
folge die Messfeier lediglich im Internet, live immerhin.
Es ist ein sonderbares Osterfest. Ich vermisse den Gang zur
Kirche, die Magie des heiligen Triduums mit seiner ganzen

Bandbreite menschlichen Elends und Glücks, gekrönt von der Freude über das Wunder der Auferstehung.

Aber alle physischen Zusammenkünfte zu religiösen Zwecken sind und bleiben des Virus wegen untersagt; das höchste Fest im christlichen Kirchenjahr bildet da keine Ausnahme. Und dennoch schafft sich das Wunder seinen Platz.

Beim allerersten „Halleluja" nach dem Ende der Fastenzeit bekomme ich zuverlässig Gänsehaut, ebenso wie bei der Allerheiligenlitanei und dem Schlusssegen, obwohl ich dem Bischof nur am Monitor dabei zuschauen und -hören kann. Ich zweifelte stark, ob diese Art von Gottesdienstersatz einem überhaupt irgendetwas bringen kann, aber nun bin ich froh, dass es wenigstens dieses Angebot noch gibt.

Aber auch die Kirchengemeinde vor Ort tut noch, was sie kann. Mit Bienenfleiß schnürte unsere Pfarrbeauftragte Osterpäckchen, die sie persönlich mit dem Fahrrad zu allen katholischen Haushalten auf der Insel ausfuhr, darin: Eine Osterkerze im hübschen Holzhalter, ein Palmzweig, ein Gebetsblatt, kleine Andachtskärtchen für den Kreuzweg. Viele Menschen zeigen sich glücklich darüber in den nächsten Tagen; auch jene, die sonst kaum zur Kirche gehen.

Auch ich freue mich sehr darüber, und so brennt nun genau diese Osterkerze neben meinem Monitor: *Lumen Christi*.

Es ist Ostersonntag. Auch auf dem Esstisch meiner Freundin brennt eine solche Kerze. Sie steht neben einem Körbchen mit bunten Eiern, überdacht von den sich neigenden

Blüten farbenfroher Tulpen. Es ist das erste Mal seit meinem letzten Klosteraufenthalt, dass ein Mensch mit mir vor dem Essen betet, und ich bin dankbar, dass wir so wenigstens ein bisschen richtiges Ostern haben: Ohne Datenleitungen zwischen uns, mit Gott bei uns. Ich weiß nicht, was Gott von dieser Verbindung hält. Aber da, wo Liebe ist, sollte auch Segen sein, und ich bin froh, dass sie da ist: Die Freundin ebenso wie die Liebe. Ich habe vor vielen Dingen bezüglich unserer Zukunft Angst, und der Freundin geht es genauso. Aber in einer Sache bin ich mir dennoch recht sicher: Es gibt viele Wunder in diesen Tagen. Und sie ist eines davon.

Ich weiß nicht, wie dieser Mensch die Tapferkeit aufbrachte, durch all die Bruchstücke im Sumpf meines Herzens zu schwimmen, um zu sehen, ob sich darin doch noch irgendwo ankern lässt. Und nun ist sie da, ein schönes, stilles Boot auf dem Wasser; willens, mich mitsamt dem Müll, dem Dreck und den Narben aufzunehmen. Was, wenn nicht das, ist Liebe?

„Man sollte aufpassen, wofür man betet, denn häufig wird man von Gott erhört", sagte ich oft halb im Scherz. Wiewohl mit dem Alleinsein längst versöhnt und vertraut mit der Gnade, die freiwillige Entsagung in sich birgt, betete ich dennoch manchmal um einen Menschen, vor dem ich nichts mehr verbergen muss; um einen lieben Gefährten oder eine Gefährtin, bei dem oder der man geborgen ist. Es tut gut, in dieser unwirklichen Zeit neben der treuen und beständigen Liebe Gottes auch noch ein (überaus wirkliches) Wesen aus Fleisch und Blut bei sich zu haben. Für jemanden sorgen zu dürfen, lenkt von vielen Alltagsnöten ab. Und das Umsorgtwerden polstert all die kleinen Wunden, die der Alltag immer wieder reißt.

Es ist eine merkwürdige Zeit. Die Tage sind ebenso ereignislos wie intensiv. Das Dorf ist wie eine Filmkulisse, aber hinter den verwaist wirkenden Fassaden scheint sich mehr zu rühren denn je. Viele Menschen wachsen in diesen Tagen zusammen; helfen einander, fragen ein ernsthaft interessiertes: Wie geht es dir? Plötzlich grüßen Leute, die nie zuvor gegrüßt haben. Andere wiederum lassen es jetzt besonders demonstrativ bleiben. Einige besinnen sich auf ihre Familie, die engen Freunde, intensivieren ihre Kontakte, besinnen sich auf das, was Herzen und Seelen zusammenhält. Andere strecken die ekligen Tentakeln von Neugier, Missgunst und Klatschsucht weiter aus denn je; lauern hinter ihren Barrikaden, witternd, wütend, urteilend. — Glücklich jene, die nun ihre Kreativität ausleben; die neue Hobbys entdecken und Wege finden, um das Beste aus der wirtschaftlich schwierigen Lage zu machen, ohne ihren gelegentlichen Frust darüber an den Mitmenschen auszulassen und ihren Neid an jenen, denen es vermeintlich besser geht.

Nur die Natur gibt sich gänzlich unbeeindruckt. Der Frühling ist in vollem Gange. Erste Jungtiere zeigen sich: Winzige Gänschen folgen den Elterntieren auf dem Schloppsee, und auch bei den Highland-Rindern hängt zotteligsüßer Nachwuchs am Euter. Ich nehme mir seit Langem mal wieder Zeit für eine ausgiebige Erkundungstour. Die Liebe Gottes, die er mit all seiner wunderbaren Schöpfung in die Welt goss, ist hier, jenseits des Deiches, in jedem Vogel, in jedem Grashalm spürbar. Ich sauge mich förmlich voll damit. Ein großer Schwarm Goldregenpfeifer zieht über die Weiden nahe der Melkhörndüne; Weißwangengänse schnattern im Gras. Ein Rotschenkel durchsucht den Schlick im Siel, während Kiebitze mit lautem Ruf über den Äckern turnen. Austernfischer sitzen auf ihren Gelegen oder versuchen, akrobatisch davon abzulenken. Ein Hase mümmelt in einem gigantischen Teppich aus Gänseblümchen. Leben in Fülle überall, aber kaum ein Mensch kreuzt meinen Weg.

Nie hätte ich gedacht, einmal einen Inselfrühling in dieser Stille zu erleben. Vielleicht rückt diese Zeit einige Werte zurecht, denke ich. Für mich ist der unbeirrbare Glauben an das Wunder der Liebe einer davon.

Stillstand

Das Wetter ist nahezu statisch. Seit drei Wochen gibt es kaum eine Änderung. Die Sonne scheint aus einem wolkenlosen, beinahe absurd blauen Himmel. Der Wind ist unspektakulär; an den letzten Regen kann ich mich kaum erinnern. All das bietet eine wundervolle Kulisse für Fotos erwartungsfroher Strandkörbe, niedlicher Jungtiere und roséfarbener Blütenpracht. Die späte Sonne zaubert mit warmgoldenem Glanz den Menschen Jahre aus dem Gesicht, erste Surfer gleiten pittoresk durch silberschimmernde See.

Mir macht der ausbleibende Regen indes ein wenig Sorgen: Lässt nicht schon das erste zartgrüne Kastanienlaub wieder Anzeichen von Schlaffheit erkennen, kaum, dass sich die Blätter entfaltet haben? Färbt sich der Deich mit seinem märchenhaften Gänseblümchenteppich nicht schon langsam braun? Und die Tiere, finden sie genug Süßwasser?

Der Stillstand beim Wetter kann nicht ewig andauern: Die Folgen wären fatal.

Ähnliches gilt für den Corona-bedingten Stillstand des Tourismus auf den Inseln und an den Küstenorten. Erste ernstzunehmende Hilferufe werden laut; auch eigentlich wohlhabende Menschen müssen inzwischen anfangen zu rechnen. In Personalgesprächen werden Existenzen verhandelt; die Behörden ersticken unter Hilfsanträgen. Unnötige Käufe werden vermieden; Fixkosten summiert, Geldreserven geprüft. Dahinter die bange Frage: Wie lange noch?

Ein Freund, der ansonsten ein leuchtendes Beispiel für Optimismus und kreative Schaffenskraft ist und daher gleich mehrere wirtschaftliche Standbeine unterhält, traut sich als erster aus dem nahen Umfeld, mit einem klaren Wort an die Öffentlichkeit zu gehen: „Wir können nicht mehr", sagt er.

Es bricht mir das Herz. Schließlich war es genau dieser Freund, der mich über viele Sommer hinweg mit enormer Großzügigkeit bei Kost und Logis bedachte, ebenso wie mit freigiebiger Unterstützung meines eigenen Kunstschaffens. Und nun kann ich nicht viel mehr für ihn tun, als ein paar Dinge im Onlineshop seines Lädchens zu kaufen, so wie ich auch bei anderen Freunden hier und da etwas kaufe, um wenigstens einen Hauch von Not zu mildern, obwohl auch mein Finanzpolster mehr denn je geradezu fadenscheinig dünn ist. Aber wenn wir als Kleinunternehmer und KünstlerInnen nicht genau jetzt zusammen halten — wann dann?

Und immerhin, so denke ich mit einer Art leisen Beschämtseins, geht es bei uns ja nur um die wirtschaftliche Existenz. In Nachbarländern geht es um viel mehr. Dort müssen Ärztinnen und Ärzte entscheiden, wer das letzte Beatmungsgerät bekommt; deutlicher ausgedrückt: Wen sie sterben lassen müssen. Zoos denken über Notschlachtungen nach. Was für ein Gefühl muss es für einen Tierpfleger sein, einem Elefanten, den er vielleicht seit 30 Jahren umsorgt, dem er vielleicht einst eine große Milchflasche ins graue Mäulchen schob, bevor der Elefant zu einem stattlichen Bullen heranwuchs — was für ein Gefühl muss es für diesen Pfleger sein, ein letztes Mal in die langbewimperten, weisen Augen dieses Tieres zu sehen, bevor der Tierarzt mit dem Giftpfeil kommt? Um mir die Situation der Entscheidung über ein Menschenleben näher auszumalen, fehlt mir die Kraft. Ich ertrage es nicht. Und weiß doch um die Menschen, die es vielleicht genau in dieser Minute ertragen müssen: Die Schuld. Die Ohnmacht. Die Trauer der Angehörigen. Die Wut. Die Hoffnung der Menschen, deren Angehöriger weiterleben darf.

Es muss weitergehen. Auch in meinem Bekanntenkreis gibt es nun die ersten Infizierten; in Schweden betrauert ein Freund seinen Schwiegervater. Aus dem ersten Infektionsfall in Deutschland — an die Berichterstattung erinnere ich mich, als sei es gestern gewesen — sind mittlerweile 140.000 Fälle geworden. Wenn dieser Text als Buch erscheint, sind wir mit den Zahlen Gottweißwo. Aber hoffentlich noch am Leben.

Die Insel habe ich nun seit zwei Monaten nicht verlassen. Mir macht das nichts aus, denn noch immer sind wir — bin ich — auf Langeoog überaus privilegiert. Die Natur bietet genügend Auslauf, um sogar einen Mindestabstand von einem Kilometer einzuhalten, wo nötig. Die Läden sind zur Genüge bestückt. Ich beziehe noch mein reguläres Gehalt, wenn auch auf mittlerweile dünnem Eis. Ich habe eine Wohnung, in der ich mich wohlfühle und einen Menschen bei mir, der mir in all dem Surrealen täglich ein Gefühl von Wirklichkeit gibt; der mich von innen und außen wärmt und mir nahe ist.

Auch die Kirche ist nach wie vor geöffnet und streckt mir die weit aufgesperrten Türflügel entgegen wie die Arme eines Freundes: *porta patet, cor magis.*

Diesen Leitspruch der Zisterzienser hat unsere Pfarrbeauftragte auf einem Schild in die Kirche gestellt — *Die Tür steht offen, das Herz noch mehr.*

Die Erinnerung an diesen Orden wiederum lässt mein Herz aufgehen wie die Blüten der Kirschbäume in den Gärten rund um St.Nikolaus. So weit weg scheint mir die Erinnerung an den tiefen Frieden im Januar, als ich mein Heil zwischen altehrwürdigen Klostermauern fand; nichtsahnend, in was sich die Welt nur wenig später verwandelt haben würde. Inzwischen ist natürlich auch dort der Ausnahmezustand eingetreten, dem man bestmöglichst und mit tiefem Gottvertrauen entgegenwirkt — aber in meiner Erinnerung ist der Anblick schwarzweißer Gewänder, der Widerhall eilender Schritte und flatternder Chormäntel, der Klang der Stiftsglocken und der Geruch nach Kerzen und uralten Steinen noch immer verknüpft mit einem Gefühl von Klarheit, Geborgenheit, Zuversicht und einer ungeahnt reinen Form von Liebe. Und über all dem liegt diese heilende, nährende Form von Stille, die von dem furchteinflößenden, beunruhigenden und gespenstischen Stillstand des Jetzt nicht weiter entfernt sein könnte.

Ich vermisse meine Eltern und meine Freunde. Es macht einen Unterschied, ob man sich Monate nicht sieht, weil man gerade keine Zeit oder kein Geld hat, aber es theoretisch könnte — oder ob es schlicht unmöglich ist.

Ein noch recht neuer Freund, den ich aber sehr liebgewonnen habe, hängt seit einigen Wochen quarantänebedingt in Niedersachsen fest. Normalerweise wohnt er wesentlich weiter weg. Nun aber könnte ich sogar für einen Tagesausflug bei ihm sein, wenn nicht der Virus zwischen uns stünde, eine angeordnete Kontaktbeschränkung und eine nichtfahrende Bahn und ein nichtfahrender Bus. Alles vernünftige Maßnahmen, zweifelsohne, aber trotzdem fühlt es sich absurd an. Denn nun ist da diese Sehnsucht. Nach Normalität im Allgemeinen, dem Freund im Besonderen, und ich wünschte, ich könnte mit ihm in Teetassen rühren und über die wolligen Schafe am Deich lachen, mir sein Gesicht in Erinnerung rufen und seine Stimme. Natürlich kann man telefonieren, was wir auch tun; man kann über die sozialen Medien Kontakt halten, auch das geschieht. Dennoch ist da die diffuse Angst, dass die Erinnerung an gemeinsam verbrachte Tage, das freundschaftliche Gefühl gar, nach und nach verschwimmt wie ein Aquarell und sein liebes Gesicht mit dem schelmischen Grinsen bald nur noch eine Ahnung im längst entpackten Reiseköfferchen ist. Womöglich, denke ich, ist alles, was irgendwann von ihm bleibt, diese Zeile aus einem alten Roxette-Song: *„All I knew / your eyes so velvet blue.“*

Auf der Insel gibt es derweil zaghafte Schritte voran. Einige Läden öffnen für ein paar Stunden, erste Restaurants bieten wieder Essen zum Mitnehmen und Abholen an. Man kann Blumen kaufen und Eishörnchen. Die Plankenwege werden am Strand ausgelegt, als wäre das Schiff mit der ersten Fuhre Tagestouristen schon unterwegs zum Hafen. Fröhlichbunte Strandkörbe werden von Inselbewohnenden probegesessen. „Das ist wie Urlaub“, sagt meine Freundin, als wir auf meinem Balkon in der Sonne Kaffee trinken und sie ihr hübsches Gesicht den wärmenden Strahlen entgegenstreckt. Das Vogelkonzert aus dem Nachbarsgarten dröhnt geradezu in die Stille des Morgens. Ja, denke ich: Es tut gut, für einen Moment zu vergessen, dass das hier keineswegs Urlaub ist. Und so planen wir eine Zukunft, die mehr als ungewiss ist.

Abends sehe ich mir im Internet eine Modestrecke und schönes Interieur an. Ich weiß nicht, ob ich mich dafür schämen muss, aber ich spüre, dass mir diese Oasen der oberflächlichen Unbekümmertheit jetzt gut tun. An Urlaub denken, an schöne Kleidung und an neue Ideen für die Wohnung. Daran, dass ich all das vielleicht bald nicht mehr bezahlen kann, denke ich bewusst nicht.

Regenluft

Ich beobachte den Regen durch den aufsteigenden Dampf aus meiner Teetasse. Die aufs Dachfenster fallenden Tropfen verweben sich zu einem sanft ineinanderfließenden Muster, bevor sie die Schwerkraft Richtung Dachrinne treibt. Auf dem Dachfirst gegenüber sitzt reglos ein kleiner Vogel. Er könnte sich verstecken, wie viele seiner Artgenossen irgendwo im Geäst verkriechen, aber er thront dort wie eine Galionsfigur, stolz und erhaben. Vielleicht aber auch einfach nur stoisch den Schauer ertragend; vielleicht sogar stumm genießend.

Der geliebte Mensch sitzt neben mir; auch wir müssen uns nicht mehr verstecken, dem Herrn sei Dank. Beide sind wir still, aber es ist keine Stille, bei der man sich nichts mehr zu sagen hat. Es ist wortlose Geborgenheit und eine Vertrautheit, die eigentlich in keinem Verhältnis zur Dauer unseres Kennens steht. Das Prasseln des Regens und die Wärme ihrer Nähe ist mir genug Versicherung meines Daseins. Es bedarf keiner Worte.

Irgendwann mache ich mich auf den Heimweg; die Arbeit ruft, der eigene Hausstand. Es zieht mich automatisch auf einen Umweg ans Meer. Dieser erste, lang ersehnte Regen nach einer schier endlosen Trockenperiode überflutet meine Sinne, kaum dass ich das Straßenpflaster betreten habe. Alles duftet nach Leben. Erdig, sinnlich. Zugleich so rein und klar und voller Unschuld. Wassertropfen perlen aus gerade eröffneten Blütenkelchen und setzen den Duft der Inselrosen frei; die Blätter sehen aus wie frisch lackiert. Zum Strand führt eine einzige Möwenspur im Sand. Kein menschlicher Laut ist zu hören; kein Mensch zu sehen.

Am Horizont zeichnet sich ein roter Krabbenkutter ab; davor schlägt eine ruhige See weiche, bleigraue Wellen. Luft. Wie einen die Bedrohung durch eine neue Lungenkrankheit noch einmal ganz neu den eigenen Atem spüren lässt, denke ich, und mache ein paar tiefe, bewusste Züge. In Zeiten, wo die Birken ihre Pollen über Langeoog verteilen, als gäbe es kein Morgen, ist das auch für einen Allergiker mit chronischem Asthma schon keine Selbstverständlichkeit. Aber nun, in dieser herrlichen Luft nach dem Regen, fühlt es sich leicht an. Man darf nichts für selbstverständlich halten, erkenne ich einmal mehr, gar nichts. Egal ob Erfolg, Geld, Sicherheit oder irdische Liebe.

Ewig, unerschöpflich und immer da ist nur die Liebe, Gnade und Treue des Herrn — aber auch über Gott denke ich viel nach dieser Tage. Genauer: Über katholische Sexualmoral, um es einmal ohne Umschweife auszudrücken. Denn natürlich habe ich nicht vergessen, welches Geschenk es sein kann und welche Freiheiten es bietet, sich zur Gänze nur Christus hinzugeben, selbst wenn man, wie ich, aus biografischen Gründen kein Diakon, Ordensmann oder Priester werden darf. Keuschheit um der Lehre willen und um dem Geheimnis zölibatären Lebens auf den Grund zu gehen; um frei von erotisch konnotierter Zuneigung, die mich oft zu sehr fremdbestimmte, wirklich unverstellt auf mein eigenes Leben schauen zu können, auf meine Beziehung zu Gott, auf mein Wollen, auf mein Verhältnis zu Mitmenschen. 5 Jahre lang war dies mein Leben, und es war schön, zu erfahren, dass man wirklich so leben kann, ohne dass etwas fehlt. Im Gegenteil: Ich bin dankbar für diese Zeit, in der ich u.a. lernte, dass sich Liebe, Sinnlichkeit und Nähe auch auf unzähligen anderen Ebenen jenseits von Sexualität erfahren lassen. Möglicherweise hat mich dieses halbe Jahrzehnt in Enthaltsamkeit sogar erst Lieben lernen lassen, ich weiß es nicht.

Und ich weiß auch nicht, ob es richtig ist, diese Zeit nun zu beenden — aber dann betrachte ich einmal mehr dieses kleine Wunder, die schöne Seele dieses Menschen, der mich auf eine Weise liebt, die ich kaum je zu erhoffen gewagt hätte, und denke, dass auch dieses Geschenk irgendetwas mit Gott zu tun haben muss. Und dass es vielleicht nicht falsch ist.

Ich gehe oft mit meiner Freundin in die Kirche, auch wenn zurzeit keine Gottesdienste stattfinden. Wenn sie sich bekreuzigt und dann still in der Bank sitzt, liegt darin irgendetwas, das mich zu Tränen rührt. Weil ich weiß, dass wir füreinander beten, auch wenn wir es nicht sagen, und ich bete dann: Lieber Gott, wenn irgendetwas daran falsch ist, dann lass es mich bitte wissen. Lass mich wissen, was richtig ist. Aber ich höre nichts. Ich fühle nur tiefen Frieden. Aller Widrigkeiten zum Trotz.

Es gibt viel nachzudenken dieser Tage, aber heute möchte ich, dass nur der Frieden bleibt. Der Regen hilft mir dabei. Denn so, wie ich zusehe, wie die Tropfen auf dem Dachfenster ineinanderlaufen, abfließen und die Natur frischgebadet, rein und duftend enthüllen, so möchte ich mein Leben jetzt freigespült und frischgebadet betrachten können: Ohne Sorgen, Unsicherheiten und Theorien, von denen mich eine konfuser zurücklässt als die andere.

Vielleicht bin ich wirklich an einem Punkt, an dem ich Liebe ganz neu lernen muss. Zurück in meiner Wohnung finde ich schon etliche Zeugnisse ihrer Anwesenheit. Ein buntes Kosmetiktäschchen im Bad, ihre Zahnbürste in meinem Becher, ein weiches Nachtkleid in meinem Bett. Früher hätte mich das wahnsinnig gemacht. Ich hasste es, wenn andere Leute Sachen bei mir verteilten, weil es mein

Interieur-Konzept sprengte, weil es Schlieren in mein Bild perfekter Ordnung zog; weil es neue Dinge waren, die sich in meine vertraute Umgebung noch nicht einfügten, weil sie fremd waren und ursprünglich nicht von mir gewollt; weil ich sie nicht selbst gekauft und nicht selbst dorthin gelegt hatte. Sie machten mir Angst, denn sie trugen die latente Bedrohung von Fremdbestimmtwerden in sich, von Kontrollverlust, von Territorialanspruch.

Bei ihr ist es anders. Der Anblick ihrer Sachen lässt mich lächeln, weil sie mich ihrer Existenz versichern, ihrer Ernsthaftigkeit und ihres „Ich komme wieder". Nähme sie diese Dinge wieder mit, wäre für mich dort keine wiederhergestellte Ordnung mehr. Sondern ein ein Ort, an dem etwas fehlt.

Vielleicht ist auch dieser Mensch ein später Frühlingsregen, denke ich. Der die Krusten alter Verwundungen und Neurosen fortspült, und, wie die weichen runden Tropfen an der Fensterscheibe, die Dinge sanft zu einem neuen Muster webt. Die Dinge werden sich klären, so wie der Regen Staub und Pollen von den Pflanzen wäscht. Und auch der Wind wird da sein: Dieser wunderbar sanfte, warme Hauch vom Meer. Erdig, salzig, sinnlich. Und zugleich so voller Unschuld. Es wird wohl Zeit für ein paar tiefe Atemzüge.

Urlaubsträume

In zwei Wochen wäre ich in Polen gewesen. Genauer: Masuren, Ostpreußen. Die Heimat meiner Vorfahren. Gräfin von Dönhoffs Kindheitserinnerungen las ich längst, ebenso Ralph Giordanos großartiges „Ostpreußen Ade". Auch Lenzens „Suleyken" steht ausgelesen neben meinem Bett. Ich pflügte mich — trotz veritabler Abneigung gegen den zeitgenössischen Ableger — durch Jahrhunderte an Deutschordensgeschichte, um vor der mächtigen Marienburg nicht dazustehen wie der berühmte Ochs vorm Tor. Ich kaufte sündteure High-Tech-Ohrstöpsel gegen Vatterns Schnarchen im zu tcilenden Hotelzimmer und ein gewaltiges Waffenarsenal gegen die Legionen masurischer Mücken, die wohl so Manchem schon laue Abende an ansonsten wunderschönen Seen verleidet haben. Ich frischte meine achteinhalb Worte Polnisch auf und träumte von Eisvögeln im Schilf, von Schmetterlingswiesen, abgelegenen Gehöften, silbrigen Seewellen, prachtvollem Katholizismus und Unmengen Historie. Von Kahnfahrten, Kanälen mit Schwänen, Kalorienbomben mit Sauerkraut und träumenden Wäldern: Vorbei.

Ostpreußen ist nicht. Und der Grund heißt Corona.

Es geht mir in dieser Hinsicht also nicht besser als es den unzähligen Langeoog-Fans geht, die seit Wochen mit den Hufen scharren und nicht wissen, ob ihr Urlaub nun stattfinden wird oder nicht. Einige davon können nun aufatmen, denn ab Montag gibt es wieder Touristen auf der Insel; die Zweitwohnungsbesitzer dürfen bereits seit Mittwoch wieder anreisen. Etliche ließen sich nicht zweimal bitten. Heute ist Donnerstag.

Am Mittag wandere ich einmal mehr durch eine unfassbar schöne Stille, die mir Gebet und Gesang zugleich ist. Am Strand höre ich nichts außer dem leisen Rauschen der Wellen; es gibt kaum Wind. Die Sonne wärmt zumindest ein wenig in diesem noch viel zu kalten Mai; hungrige Möwen werfen ihre kreisenden Schatten auf den Sand. Kein Fischbrötchen nirgends: Auch für die Tiere ist dieser Frühling ungewöhnlich. Ob die überhaupt noch wissen, wie man sich selbst Nahrung sucht?, frage ich mich und werfe einen Blick nach oben. Das Möwengeschwader zeichnet sich leuchtend weiß vor einem überwältigend blauen Himmel ab. Satt, dunkel, intensiv — ein Blau, wie man es nur auf kostbarsten Darstellungen der Gottesmutter findet; ein Marienmantelblau im Marienmonat Mai. Aber ohne Marienburg. Szkoda!

Ich liebe Langeoog. Aber der geplatzte Traum von der Reise nach Masuren betrübt mich. Schon lange war keine Reise mehr so lange vorher geplant, so gründlich vorbereitet, von so viel Vorfreude begleitet gewesen. Natürlich: Man kann das nachholen. Und ja, es ist nur ein Urlaub. Was ist das schon gegen das höchste aller Güter, die Gesundheit, die meines Vaters noch dazu? Es ist nunmal höhere Gewalt, und ich kann nur Gott danken, dass der Corona-

Kelch bislang an meinem engsten Umfeld vorüberging. Wie lange der Virus die Insel noch weitgehend verschonen wird? Der Realist in mir gibt den LangeoogerInnen nach der Wiederbelebung des Tourismus nur noch wenige Wochen. Der Asthmatiker in mir hat Angst und tastet nach dem Inhalator in seiner Tasche.

Auch den Herbsturlaub hatte ich schon gebucht: Ein weiterer Traum von Wald und Stille; strenge Schweigeexerzitien in einem abgelegenen Konvent. „Hier gibt es kein Mobilfunknetz, wir sind wirklich mitten im Wald", erklärte der Gastpater beim Vorgespräch, „Nur für den Fall, dass Sie es heimlich versuchen." „Hatte ich nicht vor", erklärte ich. Aber damals hatte ich ja auch noch keine Angst um die Gesundheit mir lieber Menschen, um meinen Arbeitsplatz, und eine Freundin hatte ich auch noch nicht. Meint: Sogar für jemanden wie mich, der sich um direkte Kommunikation nicht übermäßig reißt, bekam der Terminus „in Verbindung bleiben" doch etwas höhere Priorität in den letzten Wochen.

Dennoch möchte ich hin; vielleicht sogar mehr denn je. All die Ereignisse der letzten Wochen, all das Neue und Ungewohnte, das Schöne und Schreckliche — ich sehne mich danach, all das in Ruhe sortieren und verarbeiten zu können; ebenso wie danach, noch einmal aus neuer Perspektive an Gott herantreten zu können und Verpasstes nachzuholen.

Ich gehe täglich für ein stilles Gebet zur Kirche, aber die

Sehnsucht nach einer Eucharistiefeier und der Schönheit katholischer Liturgie ist groß.

Die Unruhe dieser Zeit und das Unstete, das diese Krise in den Seelen der Menschen anzurichten vermag, mehrt in mir die Sehnsucht nach Stille. Nach dem Maximum an Stille, das mir ein Urlaub bieten kann. Eine absurde Sehnsucht in diesen Tagen auf Langeoog — eigentlich. Denn ist es nicht so still und schön wie nie zuvor in einem Frühling? Im Dorf blüht der Flieder; erster Rosenduft weht durch die Dünentäler, die nach den Regengüssen der letzten Tage wieder prachtvoll ergrünt sind. Rehe springen einem ohne Scheu in den Weg, Fasane weichen kaum noch vom Fleck, wenn man sich ihnen nähert. Mensch und Tier funktionieren hier als Schicksalsgemeinschaft, solange der Mensch nicht zuviel Raum einnimmt. Aber bald schon wird wieder Lachen, Schreien und Fahrradklingeln durch die Straßen hallen; bald wird die einsame Krähenspur am Strandübergang von tausend Menschenfüßen verwischt sein. Bald werden sich auch die Kassen der Inselgemeinde, der Geschäfts- und Privatleute wieder füllen; für das Überleben auf der Insel notwendig, zweifelsohne.

Aber die Stille war schön. Und die Träume waren es auch.

Den berüchtigten Inselkoller, den mir hämische Bekannte vor meinem Umzug nach Langeoog schon nach drei Wochen an den Hals wünschten, hatte ich bisher noch keinen einzigen Tag. Ich will nicht woanders leben. Nie. Und obwohl die Vorfreude auf viele Reisen und Ausflüge groß war, übertraf bislang noch nichts die Freude der Heimkehr.

„Sechs Jahre — und ich kann es manchmal immer noch nicht fassen, dass das hier kein Urlaub ist. Dass ich wirklich hier lebe", sage ich beim abendlichen Strandspaziergang und drücke den Menschen in meinem Arm noch etwas fester an mich. Wir können das jeden Tag haben. Ich muss nicht mehr stundenlang fahren und Unsummen dafür ausgeben, um am Meer zu sein. Ich gehe einfach die Straße hoch; manchmal allein. Manchmal nicht. Und dann liegt es vor mir, in all seiner Pracht; im Wechsel der Jahreszeiten, atemberaubend schön in einfach jedem Zustand. Ob sturmzerwühlt, in frühlingsblauer Unschuld oder grau verregnet: Ich liebe das Meer.

Nur manchmal, da träume ich mir die Umrisse eines Sees in die glitzernde Wasserfläche. Mit Schilf an den Ufern und Eisvögeln. „Und schau mal, die Wolken heute", sage ich zur Freundin: „Sehen sie dort nicht aus wie die Spitzen eines Nadelwaldes?"

Wiederbelebt

Im Haus auf der anderen Seite der Straße brennt wieder Licht. Auch zur Gartenseite hin sind Menschen eingezogen; von der nachmittäglichen Lektüre ließ mich Babygeschrei aufblicken. Ich sah ein Mädchen, das die Jalousie in der Ferienwohnung gegenüber eilends hinunterließ, als ich hinübersah. Die Insel hat sich in Rekordtempo wieder gefüllt.

Noch weht leichter Fliederduft durchs Dorf, aber die Rosen sind bereits in voller Blüte. Der Frühling macht Platz für den Sommer. Es ist vertraut, die Straßen und den Strand um diese Zeit voller Menschen zu sehen, und dennoch ist es zugleich befremdlich. Zum einen, weil die Zeit der absoluten Ruhe und Abgeschiedenheit so lang war — zum anderen, weil man nicht ins Detail gehen muss, um zu sehen, dass eben doch nichts ist, wie es war.

Die Tische in den Cafés stehen weit auseinander, die Bedienungen tragen Mundschutz. In den Läden gibt es Zutrittsbeschränkungen, je nach Personenzahl, und auch ich fummele bei jedem Supermarktbesuch einen Mundschutz aus der Tasche und desinfiziere die Hände, wo es nur geht. Die Kellnerinnen und Kellner tun mir Leid, denn ich schnappe in der Regel schon nach kurzem Einkauf nach Luft und weiß nicht, wie man stundenlanges Bedienen in der Sonne, bei ohnehin schweißtreibender und anstrengender Arbeit, damit aushält. Zumal man durch den Stoff auch schlecht verstanden wird.

Auch Gottesdienste gibt es wieder, obwohl noch kein Priester da ist. Es werden Andachten gehalten, so gut es geht, aber es stimmt mich traurig, dass niemand singt. Immerhin ein paar Gebete und Psalmen sprechen wir gemeinsam, aber selbst das tue ich kaum noch ohne schlechtes Gewissen und so leise wie möglich. War früher bei Gesprächen der Inhalt das, womit ich mich am kritischsten auseinandersetze, so ist es nun die vermutete Aerosolwolke. Es ist ein bisschen absurd: Schließlich sind die gesunden Aerosole am Meeressaum das Pfund, mit dem ein Nordseeheilbad touristisch wuchert. Die gesunden, winzigen Salzluftpartikelchen, die bis tief ins Bronchiengeflecht und in die Lunge vordringen und dort heilsame Wirkung entfalten sollen. Die beim Sprechen ausgestoßenen Aerosole dagegen könnten mich bei entsprechender Viruslast töten. Und jeden anderen Menschen auch.

Hinzu kommt die Gefahr der Übertragung durch Schmierinfektion. Eine Miteigentümerin, kurz nach Inselöffnung aus NRW zu Besuch, parkte kurzerhand (und ohne Rücksprache) mein Fahrrad um — und ich erwischte mich bei dem Gedanken, ob jetzt wohl ein Import-Virus am Lenker klebt. Gleiches frage ich mich beim Haustürgriff, den nun wieder wechselnde Feriengäste anfassen. Ich höre sie im Treppenhaus rennen und rufen und muss dabei wieder an die Aerosolwolken denken, die nun minutenlang durch den Flur wabern, obwohl die Leute längst in den Wohnungen verschwunden sind. Man muss aufpassen, nicht paranoid zu werden dieser Tage; sich vom Virus nicht zu sehr im Alltag bestimmen zu lassen, jenseits der gesetzlichen Verpflichtungen. Aber es ist nicht einfach, zumal mich der Pollenallergie wegen ohnehin die Kurzatmigkeit plagt. Ich kann einfach keine Lungenkrankheit on top gebrauchen, so sieht es aus.

Mein Urlaub ist aufs nächste Jahr verschoben. „Wenn wir dann noch leben", sagt mein Vater, und ich muss wohl kaum erwähnen, dass ich sowas nicht hören will. Auch wenn ich es längst selber denke. Ich kann es nicht verleugnen: Ich habe Angst. Ich sehe die Vulnerabilität meiner Eltern, die meiner Freunde und meine eigene klarer vor Augen denn je, wiewohl es natürlich nach wie vor eine Million anderer Dinge gibt, an denen wir bis zum nächsten Mai sterben könnten. Aber COVID-19 ist omnipräsent.

Inzwischen kommt es mir ewig vor, die Insel nicht mehr verlassen zu haben; in Wirklichkeit waren es nur rund 2,5 Monate. Zwar durften Insulaner die ganze Zeit fort, aber ich wollte aus Vernunftgründen keine Überfahrt riskieren; davon, dass Ausflüge Nonsens sind, wenn man nirgends einkehren kann und kaum ein Verkehrsmittel im Normaltakt fährt, ganz zu schweigen.

Ich würde gern meine Eltern besuchen, aber eine stundenlange Zugfahrt mit Maske ist bei meinen Atemproblemen ebenfalls undenkbar. Wir machen lose Pläne für den Frühsommer; ein Treffen irgendwo in der Mitte zwischen beiden Wohnorten, und ich kann nur beten, dass es bald dazu kommt und dass wir auch dann noch alle gesund sind.

Nichts ist selbstverständlich dieser Tage. Umso dankbarer bin ich für jedes bisschen Leichtigkeit, Nähe und Normalität in diesen Tagen. Meiner Freundin habe ich ein eigenes Regal ins Bad gebaut. Ich mag es, ihren Kosmetikkram dort zu sehen, weil er Beständigkeit verheißt und Wiederkehr. Und doch habe ich auch um sie Angst, denn aufgrund ihres Berufes mit viel Menschenkontakt käme sie mit dem Virus wohl noch eher in Berührung als ich. Eine liebe Bekannte sah ich heute mit ihrer alten Mutter im Dorf, die auf der Insel zu Besuch ist. Ohnehin eine zierliche Dame, kam die Mutter mir dieses Mal besonders zerbrechlich vor, und ich ahnte einmal mehr, dass man gerade jetzt eigentlich keine Chance versäumen sollte, um noch etwas Zeit mit denen zu verbringen, die man liebt. Die gemeinsame Zeit läuft auch ohne Coronavirus viel zu schnell ab, und ich muss aufpassen, nicht zu fatalistisch zu werden dieser Tage.

Corona, Corona … ich gebe zu: Ich kann es selbst kaum noch hören und lesen und ich wünschte, ich würde dieses Buch nicht bis zur Hälfte mit diesem Thema füllen. Andererseits: Schriebe ich nicht darüber, so würde man in ein paar Jahren meinen, ich hätte den Frühling und Sommer 2020 auf einem anderen Planeten verbracht. Das Jahr lässt sich nicht mehr ohne den Virus denken.

Ablenkung tut Not. Nächste Woche wollen wir einen Ausflug wagen; im September wartet das Exerzitienhaus im Wald. In bade mein Herz in Vorfreude und atme einmal tief durch.

Normalität

Die Straße vor meinem Haus gleicht zuweilen einer Autobahn. Ohne Autos versteht sich — aber auch mit Fahrrädern, E-Karren und Pedelecs herrscht tagsüber soviel Betriebsamkeit, dass es oftmals dauert, bis ich mit meinem eigenen Fahrrad aus der Einfahrt komme; von Straßenquerung gar nicht zu reden. Seit knapp einer Woche ist die Insel wieder für Touristen geöffnet, wenn auch noch mit Einschränkungen. Tagesgäste sind noch nicht erlaubt, Hotel- und Pensionsurlauber werden in Kürze hinzukommen. Doch auch jetzt ist es schon so voll, dass es mir scheint, als hätte ich den unwirklich stillen Frühling nur geträumt. Es gibt wieder spürbar Saisonbetrieb auf der Insel. Und doch ist noch lange nichts normal.

In den Supermärkten herrschen strikte Verhaltensregeln. Man sieht viel Disziplin, aber auch einiges an Achtlosigkeit. Es gibt rote Punkte auf dem Boden als Abstandshalter, die man eigentlich nicht übersehen kann. Etliche stellen sich auch wie vorgesehen darauf: Was dem Hintermenschen aber nur soweit nützt, wie die hinzugekommene Familie des Anstehenden nicht um diesen herumtanzt und sich so dazwischenquetscht; Laute (gleich aerosollastige) Diskussionen darüber, was man noch einzukaufen vergessen haben könnte, tun ihr Übriges. In der Nachbarschaft gehen Einladungen zu Gartenfesten herum: Zweitwohnungsbesitzende aus allen Bundesländern scharen sich dabei wohl eher ohne Mindestabstand um den Grill, und am Abend sieht man weinselige Runden im Dorf die Köpfe zusammenstecken. Ein Kind in der Warteschlange für die Fähre rennt zu fremden Mitreisenden und macht mit speichelnassen Lippen Furzgeräusche an deren Hosenbeinen. Die Geschwister schreien gelangweilt aus weit aufgesperrten Rachen. Die mundschutzverhüllte Mutter sieht müde und sehr verzweifelt aus.

Erneut fällt mir nicht ohne Unbehagen auf, wie sehr ich meine Mitmenschen neuerdings auf ihre Virenschleuderqualitäten hin überprüfe. Anstatt mich — wie sonst üblich — über den Inhalt unfreiwillig mitgehörter Gespräche oder mieses Benehmen aufzuregen, ist es nun der potentielle Tröpfchenausstoß, der meinen Unmut schürt, und ich frage mich, wann mich der Virus wohl erwischen wird. „Ob" frage ich mich dagegen nicht mehr.

Es ist schwer, optimistisch zu sein dieser Tage.

Und es ist eine seltsame Saison: Fremd und beängstigend, auch wenn sich fast alle Langeooger Geschäftstreibenden — der wirtschaftlichen Not gehorchend — große Mühe geben, dem Wahnsinn einen Normalitätsanstrich zu verleihen, so gut es im Rahmen der gesetzlichen Vorgaben geht.

Jeder weiß, dass dieser Anstrich dünn ist. Doch auch an mir nagt zunehmend die Sehnsucht nach „Business as usual". Nicht in Bezug auf das gewohnte Gästeaufkommen, das nach meinem Empfinden in der Hauptsaison inkl. Tagesgästen längst den Rahmen des Verträglichen sprengt. Nicht in Bezug darauf, dass ich es plötzlich schätzen würde, wenn mir Leute zu dicht auf die Pelle rücken. Und schon gar nicht in Bezug auf große Menschenansammlungen. Was diese Dinge betrifft, so behielte ich einige der Corona-Einschränkungen gerne bei. Aber mir fehlt die Leichtigkeit in allen Dingen: Das Unbekümmerte. Mir fehlt die Zeit, als Mitmenschen maximal nervtötend waren, aber i.d.R. keine physische Bedrohung darstellten. Und mir fehlt die Zeit, in der ich noch nicht damit rechnen musste, vielleicht selbst einmal am Tod eines älteren oder vorerkrankten Mitmenschen Schuld zu sein: Durch ein zu feuchtes nettes Wort, durch eine unbedarfte Nähe. Und ich wünschte, ich hätte nie eine Zeit kennengelernt, in der ich meine Freundin mit einem Kuss auf die Intensivstation befördern könnte oder meine Eltern mit einer Umarmung auf den Friedhof. Wie kann man, frage ich mich, die Schuld aushalten, vielleicht 14 Tage am Stück fröhlich Viren verbreitet zu haben, bevor man selbst etwas von der Infektion bemerkte? Wenn es mich erwischt, denke ich, dann möchte ich bitte wenigstens gleich krank sein.

Ich weiß, dass nichts normal ist. Und doch ist die Sehnsucht nach einer Illusion von Normalität, von Unbeschwertheit so groß, dass wir an Himmelfahrt einen Ausflug wagen. Es ist der bislang wärmste Tag in diesem Jahr, die Bedingungen für einen Hauch von Feriengefühl könnten nicht besser sein.

Im Schlosspark, den wir besuchen, überdachen uns die sonnendurchfluteten Kronen hoher, alter Eichen; unzählige Vögel singen unter dem leuchtend grünen Gewölbe, als wäre es ein Konzerthaus.

Die älteste Eiche im Park zählt 300 Jahre. Sie hat beide Weltkriege überlebt, Blitzeinschläge und unzählige Krankheiten. Was sind wir dagegen schon, frage ich mich, den mächtigen Stamm betrachtend.

Wir picknicken auf einer Bank gegenüber, den majestätischen Baumriesen auf seiner Wiese im Blick. Die Eiche wirkt nicht einsam, wie sie da steht — eher so, als machten ihr alle anderen Bäume respektvoll Platz.

Die Rhododendronblüte ist fast vorbei, aber überall im Park riecht es nach Blumen und die Azaleen stehen noch in voller Farbenpracht. Eine nette ältere Dame fotografiert uns davor. Es könnte ein ganz normaler Ausflug sein: Menschen die das Wetter genießen, das Grün, die Blumen und wundervollen Sichtachsen. Vom Schloss her hören wir die Pfauen schreien.

Aber es ist nicht normal. Im Schlossparkcafé herrscht eine strenge, aber gesittete Atmosphäre. Wir stellen uns mit Abstand und Mundschutz an, alle paar Meter steht ein Desinfektionsmittelständer für die Wartenden, Speisekarten liegen nur am Tresen aus. Viele Tische und Stühle sind weggeräumt oder mit Kunststoffband abgesperrt.

Ich erinnere die vielen Male, die ich alleine hier war oder mit meinen Eltern. Wie schön man in diesem Café mit seinen alten Weinranken die Zeit vergessen konnte oder in seinem herrlichen Außenbereich die Sonne genießen; dabei in einem neuen Buch stöbernd, das man im hübschen Parklädchen erworben hatte. Auch heute ist es schön, aber vor endlosem Müßiggang warnt das Gewissen: Sehr viele Menschen warten auf nur wenige Tische, und so ziehen wir bald weiter. Immerhin, es ist der erste Festlandsbesuch nach drei Monaten. Der erste Cafébesuch. Eine hauchzarte

Illusion von Normalität — in Dingen, die man vor der Corona-Krise nie in Frage gestellt hätte.

Zukunftserinnerung

Nach einigen verhangenen Tagen wurde es endlich wieder schön auf der Insel. Federwolken breiten sich über dem leuchtend blauen Himmel aus wie Engelsflügel. Über dem Kirchturm senkt sich am frühen Abend die Sonne, und es wird nicht mehr lange dauern, bis der Horizont in flammenden Farben erstrahlt.

Es gibt wieder einen Priester auf Langeoog. Der Jesuitenpater ist ein gern gesehener Gast und nicht zum ersten Mal bei uns. Ich schätze seine Predigten, die ebenso intellektuell wie lebensnah sind; mit Sicherheit theologisch fundiert, aber nicht mit der staubigen Erhabenheit reinen Bücherwissens, sondern stets durchzogen von warmen Adern menschlicher Bodenständigkeit. Vor allem mag ich seine Stimme, die tief und rauchig klingt, mit der pointierten Ausdrucksweise eines Berufsredners. Zugegeben: Dieser Pater könnte das Telefonbuch vorlesen und es wäre ein akustisches Fest — umso schöner, dass man ihm aber auch aus anderen Gründen noch gerne zuhört.

Ich bin erleichtert, dass das kirchliche Leben auf Langeoog ausgerechnet mit diesem sympathischen Jesuiten wiederbelebt wird, denn schließlich habe ich auch eine überfällige Beichte nachzuholen. Nach zwei peinlichen Tagen des Sünden-Vorsortierens darf ich endlich den gesammelten Gewissensunrat in seinem Beisein vor Gott kippen. Einmal mehr bewundere ich das Pokerface erfahrener Geistlicher bei der Beichte — es gibt kein Mundwinkelverziehen, keine angehobene Braue. Der Mann hört zu, und erfüllt schließlich seinen Auftrag des Vergebens. Auf Bußwerk verzichtet er, und mir wird klar, dass das, was sich in meinem Herzen nach großer Schuld anfühlte, für einen Priester vermutlich eher noch kleinkalibrig ist. Eventuell waren ihm auch meine Tränen der Scham am Ende Reue genug. Ich weiß es nicht, aber ich bin auch recht froh, dass mir noch genügend Geheimnisse der Sakramente verborgen bleiben. Was ich dagegen weiß, ist: Sie wirken. Und in der Art und Weise, auf die ich diese Wirkung fühle, aber nicht erklären kann, liegt vielleicht auch ihre Heiligkeit.

Die Messen selbst finden noch mit reichlich Abstand, Anmeldung und ohne Gesang statt. Die Kommunion wird auf kleinen Tellerchen gereicht: Jede einzeln. Das bereitstehende Tischchen mit den vielen Tellern erinnert an ein Hotel-Buffet; das weiße Altartuch darauf mindert den Hotel-Eindruck nicht wirklich.

Aber es ist der Leib Christi, und nach so langer Zeit ohne Eucharistie ist mir fast jede Darreichungsform Recht, solange sie noch halbwegs würdevoll ist. Ich gebe zu: Es hat mir gefehlt. Auch wenn sich die Bistümer und Ordensgemeinschaften unglaublich viel Mühe gaben, die Corona-Durststrecke kreativ zu überbrücken — nichts war wirklich ein Ersatz. Und ich möchte nie wieder so lange ohne priesterlichen Beistand sein.

Vom Balkon aus sehe ich zu, wie sich der Himmel in Pfirsichtönen verfärbt. Die Insel hat sich deutlich gefüllt, aber allmählich kehrt abendliche Ruhe ein. Für Ende Mai ist es noch immer zu kalt, aber der Blütenduft und der Nachtgesang der Vögel lässt mich trotzdem den nahenden Sommer fühlen. Eine gewisse schöne Nostalgie ergreift mich. Ich wühle in meiner Playlist nach Jugendschätzen und grabe das alte Dire-Straits-Album aus. Und obwohl meine Jugend nicht besonders schön war, setzt es auf wundersame Weise sofort gute Gefühle frei. Ich wippe mit den Kopfhörern im Rattansessel und träume mich weit weg:

„I'm going to San Bernardino, ring-a-ding-ding ..."

Achja, denke ich, da wäre ich jetzt auch gerne. Die amerikanische Stadt dieses Namens kenne ich zwar nicht, und das zugehörige Lied beschreibt auch nichts Schönes, sondern einen skrupellosen Geschäftsmann, aber an einem Ort, wo man den heiligen Bernhard als Ordensgründer verehrt: Da wäre ich jetzt tatsächlich gern.

Ich sehne mich nach „meinen" Zisterziensern. Nach dem Frieden im Wald hinter dem Kloster, dem Chorgesang, dem Duft uralter Steine, dem Rascheln langer Chormäntel und dem Anblick von schwarzweiß gewandeten Mönchen, die über den Hof zum Gebet eilen.

Es war ein so schöner Mai in Stiepel, und ein so heilsamer Januar in Heiligenkreuz. Ich weiß nicht, wann ich diese wundervollen Orte wiedersehen kann, aber es tut gut zu wissen, dass es sie überhaupt gibt. Vielmehr: Dass sie teils seit Jahrhunderten bestehen und schon viel mehr überdauert haben als einen Virus.

Doch heute möchte ich an keinen Virus mehr denken. Ich genieße das stille Hereinbrechen der Nacht bei Musik aus vergangenen Tagen und mit all den schönen Erinnerungen, während ich auf die Liebste warte.

Vielleicht können wir hier und jetzt ja auch schöne Erinnerungen für die Zukunft schaffen, denke ich. Stunden und Tage, auf die wir dann irgendwann mit wohltuender Nostalgie und Dankbarkeit zurückblicken — dann, wenn all der Wahnsinn vorbei ist und die Welt ganz neu auf uns wartet.

Seltsam

Auf dem Balkon sitzend, warte ich auf den Regen. Es sind luxuriöse Minuten der Stille. Oder, besser gesagt: seltene Augenblicke der Abwesenheit von Menschenlärm. Denn zu hören gibt es dennoch reichlich.

Ich höre das Rollen der Brandung und den Wind, der durch die üppig ergrünte Hecke auf dem Nachbargrundstück streicht. Holunderholz knarzt leise unter dem Gewicht schwerer Blütendolden; im Entwässerungsgraben quakt eine Ente, ihr Gründeln erzeugt silbriges Plätschern. Von Süden her kommt erstes, leises Donnergrollen.

Über all dem liegt warmer Dunst. Endlich, möchte ich sagen, denn es war ein denkwürdig kaltes Frühjahr. Von „heiß" sind wir auch jetzt noch Meilen entfernt, aber dieser Tag war, für Langeooger Verhältnisse, schon annähernd tropisch.

Nun bricht die Dunkelheit herein. Eine schwarze Wolkenwand schiebt sich über die letzten Reste des Sonnenuntergangs. Das Donnern wird nun deutlicher und bald fällt der Regen in warmen, lotrechten Schnüren vom Himmel. Im Lampenlicht, das aus meiner Wohnung in die Inselnacht strahlt, sehe ich die Tropfen funkeln. Wind weht kaum, sodass ich das Naturschauspiel unter dem Balkondach genießen kann, ohne selbst nass zu werden.

Ein letzter Radfahrer rast die Straße entlang; alle anderen Menschen sind wohl in ihre Häuser oder Ferienunterkünfte geflüchtet. Von meinen Balkonpflanzen perlen dicke, silbrige Tropfen lebensspendenden Wassers und ich rieche den moosigen Duft feuchter Erde.

Ich freue mich nicht über die Kälte der vergangenen Wochen, aber mich erleichtert, dass die Sonne dadurch auch weniger verheerende Kraft entfalten konnte. Und ich bin glücklich, weil es nun wieder mehr regnet. Nur ungern erinnere ich die braunen, vertrockneten Deiche des Vorjahres, die sich bis zum Herbst kaum erholten. Auch die Straßenrandbegrünung wich einer sandigen Wüste, in der sogar die robusten Kartoffelrosen schlappmachten. Dieses Jahr aber ist das Gras fast überall noch grün; die Rosen stehen in voller Kraft und überziehen die Dünentäler mit einem pinkfarbenen, duftenden Blütenteppich. Es ist ein seltsamer Sommer: Nicht nur wegen des Virus.

Ein Schlüssel dreht sich im Schloss. Ich weiß, wer es ist, aber trotzdem verlasse ich meinen wildromantischen Logenplatz im Regen, um ihr entgegenzugehen. Die Freundin steht in meinem Flur und strahlt mich an; mit diesem Lächeln, als sei ich ein Scheck über eine Million Euro und nicht ein eigenbrötlerischer, menschenscheuer Mittvierziger mit fliehendem Haaransatz und Schlafhosen. Wassertropfen perlen von dem gelben Ostfriesennerz, der an ihr ganz entzückend aussieht, und von ihrer Haut, über deren Beschaffenheit ich nichts dichten könnte, was unterhalb der Kitschgrenze bliebe. Eine nasse Haarsträhne klebt an ihrer Wange. Sie streicht sie fort und folgt mir auf den Balkon, um sich in schönstem Schweigen mit mir den Regen anzusehen.

Es ist ein ganz eigener Frieden mit ihr, aber auch das ist noch immer seltsam. So viele Jahre gab es in meinem Liebesleben nichts, das nicht mit mannigfaltigen Nuancen von „Es-ist-kompliziert“ durchsetzt gewesen wäre; von Unmöglichkeiten, Mauern und Schmerz; von gesellschaftlicher oder kirchlicher Ächtung.

Die einzige Liebe, die mir in den letzten Jahren beständig Quelle von Trost, Kraft, Hoffnung und Zuversicht gewesen war, war die Liebe zu Gott. Und eigentlich hatte mir diese Liebe auch gereicht. Ich hatte nicht mehr daran geglaubt, dass mir Derartiges auch noch einmal von einem Menschen geschenkt werden würde. Doch nun ist sie da, die Liebe. Im Himmel wie auf Erden.

„Nicht müde werden, / sondern dem Wunder / leise wie einem Vogel / die Hand hinhalten" dichtete Hilde Domin 1992 — Und ich hoffe, dass ich es schaffen werde, mich dem neuen Wunder in meinem Leben mit der hier so filigran beschriebenen Zutraulichkeit und Neugier zu nähern.

Der Regen lässt nach. In der Wohnung über uns brüllt ein Baby; auch das Austernfischerpaar, das auf einem der Flachdächer nebenan brütet, macht sich mit Rufen bemerkbar. Das Leben um uns herum erwacht noch einmal, bevor es sich endgültig zur Nachtruhe bettet.

Auch wir ziehen uns zurück und ich wundere mich einmal mehr darüber, wie schnell man sich wieder an einen Menschen an seiner Seite gewöhnen kann. Dieser Tage ertappte ich mich sogar dabei, wie ich gedankenversunken zwei Teetassen füllte, obwohl meine Freundin erst Stunden später zu Besuch kommen wollte. Wenn ich nachts ihre Hand berühre und sie dann im Halbschlaf ihre Finger um meine schließt, berührt mich diese Geste des Vertrauens und der Hingabe auf eine Weise, für die ich mir erst wieder Vokabular zurechtlegen muss.

„Sie haben jetzt auch für diesen Menschen Verantwortung", wetterte jüngst der Beichtvater, als ich von meinen Unsicherheiten und Ängsten erzählte, und natürlich weiß ich, dass er Recht hat. Es sind jetzt nicht mehr nur meine Unsicherheiten und Ängste. Es sind auch ihre.

Und so wird die Liebe wohl immer eine Herausforderung sein: Die zu den Menschen, aber auch die Liebe zu Gott. Zugleich ist beides ein großes Geschenk, das es verdient, mit der gebührenden Achtung angenommen zu werden. Ich will es versuchen.

Quarantäne

„Bleiben Sie erstmal wo Sie sind, und kommen Sie am Montag zum Test", sagt der Arzt. Aber ich hatte ohnehin keine Pläne, aus dem Haus zu gehen, denn ich fühle mich krank. Beim Atmen sitzt mir gefühlt ein Babyelefant auf der Brust und ich fühle mich fiebrig, obwohl das Thermometer Entwarnung gibt. Hinzu kommen migräneartige Kopfschmerzen mit Übelkeit. Normalerweise würde ich mir nach einem birkenpollenlastigen Frühjahr, kurz vor einem Wetterumschwung und inmitten frühsommerlicher Gräserblüte keine weiteren Gedanken darüber machen: Als Allergiker samt Asthma kennt man alle möglichen Kapriolen seines Immunsystems. Aber dieser Sommer ist anders, und ich möchte kein Risiko eingehen. Meiner Freundin sage ich auf unbestimmt Zeit ab und inspiziere die Vorräte. Natürlich habe ich vergessen, einzukaufen, und nun hat mir der Doktor den Ausgang verboten. Ich erzähle der Liebsten davon, und sie stellt mir am Abend eine Tasche voll Lebensmittel vor die Tür. Die leere Tasche drapiere ich zur Abholung ebenfalls vor der Wohnungstür und beschwere sie mit einem alten Milchkännchen, in dem ich einen Strauß Balkonblumen arrangiert habe. Romantik in Zeiten von Corona.

„Jetzt fehlt eigentlich nur noch eine Balkonszene", scherze ich via Messenger, und sie könne doch ruhig mal hochwinken. Aber sie möchte nicht; sie würde mich zu arg vermissen. „Dann lieber gar nicht sehen." Es ist herzzerreißend. Als sie später die Sachen abholt, ich ihre Schritte im Flur höre und eine Ahnung ihrer Umrisse durch das Milchglasfenster des Hauseingangs erhasche, vermisse ich sie ebenfalls sehr. Es macht wohl doch einen Unterschied, ob man sich freiwillig nicht sieht, weil einer schlicht keine Zeit hat oder verreist ist — oder ob man es von jetzt auf gleich einfach nicht mehr darf.

Dass ich mir den Corona-Virus eingefangen habe, ist unwahrscheinlich. Denn wie zynisch wäre es denn bitte, wenn ausgerechnet ich mir eine Krankheit einfinge, die gemeinhin durch Sozialkontakte zustande kommt? Ich, der Menschenansammlungen meidet wie der Teufel das Weihwasser, der Smalltalk mit Fremden hasst und in der freundinlosen Zeit vielleicht alle drei Monate mal jemanden umarmt hat? Es ist unwahrscheinlich, ja. Aber angesichts der Enge im Dorf und der Unvernunft vieler Mitmenschen bezüglich Abstands und speichellastigen Herumbrüllens wegen ist es nicht ausgeschlossen. Infektionsketten wären hier ohnehin längst nicht mehr zu verfolgen.

Bei dem Gedanken daran, welchen Infektions-Rattenschwanz sogar meine wenigen Sozialkontakte nach sich ziehen könnten, wird mir schlecht. Denn im Gegensatz zu mir ist meine Freundin alles andere als kontaktscheu und hat zudem einen sehr menschenlastigen Beruf. Der einzige Ort, an dem ich regelmäßig mit anderen Menschen zusammentreffe, ist die Kirche. Und auch da könnte ich unversehens großes Unheil anrichten: Ich denke an die Seniorinnen und Senioren meiner Kirchengemeinde, die ich mit einer Ansteckung vielleicht sogar ins Grab brächte.

Schließlich denke ich an mich selbst: Denn durch das Asthma stünde auch mir vermutlich kein ganz harmloser COVID-19-Verlauf bevor. Mit diesem Gedanken kommt auch die Angst.

Erzählen darf ich von der Quarantäne nur dem allerengsten Kreis, denn angesichts der Neigung etlicher LangeoogerInnen zum bösartigen Tratsch wäre man sonst schneller vom Vor-Verdachtsfall zur Killer-Virenschleuder befördert, als man „Corona" sagen kann. „Eine Lüge rennt schon einmal um die Welt, bevor die Wahrheit auch nur die Chance hat, sich die Hosen anzuziehen", formulierte einst Winston Churchill mit britischem Humor. Und so funktioniert das auch im Insel-Mikrokosmos.

Die Leute denken ja oft, dass es in so schöner Landschaft keine menschlichen Hässlichkeiten geben kann, aber dieser Illusion saß ich zum Glück nie auf: Dorf ist Dorf. Und wo

Menschen sind, sind Tratsch, Neid, Missgunst, Mitläufertum und Blockwarte. *Know your enemy.*

Nun also heißt es: Rückzug in meine Burg. Und ich bin einmal mehr froh, mir ein so schönes Eigenheim geschaffen zu haben, auch wenn es klein ist. Ich delegiere die Außentermine und arbeite von Zuhause aus, was eben geht. Einmal mehr kommt mir zupass, dass ich im Grunde keine Langeweile kenne und aus Phasen der Depression und Sozialphobie gründlich gelernt habe, dass es okay ist, einfach mal nicht das Haus zu verlassen. In Selbstisolation bin ich Profi.

Ich räume auf, sortiere Dinge, lenke mich mit schönen Oberflächlichkeiten ab. Und doch keimt die Angst vor dem Test und einem etwaigen positiven Ergebnis in einer Ecke meiner Seele wie ein Schimmelpilz. Grau und atemraubend; und wenn man ihn abbürstet und die Stelle weiß tüncht, kommt er ja doch immer wieder durch.

Mit dem Googlen des Testverfahrens kommen beunruhigende Horrorgeschichten dazu: Schmerzhaft sei es und überaus ekelhaft. Ich denke an schlimmste HNO-Untersuchungen mit Folterinstrumenten in allen Gesichtsöffnungen und wappne mich.

Am Tag des Tests ruft der Arzt an und bestellt mich zu einem geheimen Ort, vom dem aufgrund etwaiger Neugieriger sonst niemand wissen soll. Das finde ich umsichtig. Auf direktem Wege kommen soll ich, nichts anfassen, und auf direktem Wege zurück in häusliche Quarantäne bis zum Vorliegen des Ergebnisses. Ein komplett in Seuchenschutzausrüstung verhüllter Mensch empfängt mich und schiebt mir lange Wattestäbchen tief in beide Nasenlöcher und eins in den Rachen. Ich denke an nichts außer an „ruhig atmen" und „nicht würgen". Zuhause bin ich ein Wrack. Denn nun soll ich mich so verhalten, als hätte ich den Virus. So, als könnte ich jemanden mit meiner Nähe töten. So, als hätte ich das unbewusst vielleicht sogar schon getan.

Es werden vier Tage. Dann klingelt das Telefon. „Negativ!" ruft der Doktor durch den Hörer, „Negativ! Sie haben den Virus nicht." Ich danke Gott. Und vermutlich auch dem Inselarzt, ich weiß es nicht mehr.
Mit dem Ende der Quarantäne stürze ich vor die Tür und mache einen langen Spaziergang in der Sonne. Denn so schön meine Wohnung auch ist: Der Bewegungsradius auf 30m2 ist begrenzt und die Sonne ab Mittag auf dem Balkon weg. Danach bleibt mir nur, andere Menschen durch den Sonnenschein radeln zu sehen, während ich im Schatten sitze und dem plötzlich sehr fernen Meer zuhöre; in stiller Sehnsucht.
Und zu genau diesem Meer renne ich nun fast, die Erleichterung hellt mein Gemüt auf wie das Sonnenlicht die gleißende Wasseroberfläche: Noch nie sah ich es so schön funkeln. Bei einem positiven Ergebnis hätte die Quarantäne noch mindestens zwei Wochen gedauert, und ich hätte das Meer wohl schrecklich vermisst. Denn wie mit der

Freundin, macht es wohl auch hier einen Unterschied, ob man freiwillig wegbleibt oder ob man einfach nicht hingehen kann. Und genau wie der Anblick des geliebten Menschen die Sehnsucht unerträglich machen kann, war mir auch das ferne Rauschen des Meeres ein steter Nährboden für das Verlangen. Doch nun habe ich alles wieder: Das Meer, die Freundin, die Sonne, die Freiheit. Und alles um mich herum in dieser wunderbaren Welt intensiviert sich: Die Freude, die Dankbarkeit, die Liebe. Ich glaube, das Wort „negativ" war für mich noch nie so positiv besetzt.

Danach

Nachdem sich die befürchtete Corona-Infektion als Bronchitis entpuppt hat, ist Aufatmen angesagt. Dies zwar nicht unbedingt im körperlichen Sinne, denn ich stehe unter Antibiotika-Beschuss und gerate auch weiterhin bei jeder Kleinigkeit außer Atem, aber innerlich fühle ich mich wie nach einem Seelen-Großputz. Nie hätte ich gedacht, welch befreiende Wirkung das Wort „negativ" haben kann.

Aber zum Leichtsinn verleiten sollte das Testergebnis keinesfalls.

Gerade den Klauen des Infektionsverdachts entrissen, wundere ich mich umso mehr über die Vielzahl an Menschen, für die der Virus offenbar ebenfalls Urlaub macht: Und das grundsätzlich nicht da, wo sie sich gerade selbst befinden. Selbstverständlich herrschen auf Langeoog Hygienevorschriften wie überall sonst, aber dennoch scheint es vielerorts nötig, Gäste wie Mitinsulaner daran zu erinnern, dass die Pandemie längst nicht eingedämmt ist; aller Lockerungen bei der Insel-Anreise und Beherbergung zum Trotz.

In den letzten Wochen ist die Personenzahl auf der Insel beträchtlich angewachsen, sogar Tagesausflügler dürfen uns wieder besuchen. LangeoogerInnen reisen ebenfalls eifrig hin und her, und so können nur ganz naive Zeitgenossen davon ausgehen, dass niemand den Virus irgendwann im Gepäck hat. Wohl jeder wappnet sich emotional für den ersten größeren Ausbruch. Aber kaum jemand spricht es aus. Man will schließlich niemanden verschrecken.

„Wissen Sie was", flüsterte mir eine ältere Insulanerin verschwörerisch zu, die ich dieser Tage zufällig kennenlernte, „eigentlich fand ich es ja ganz schön mit der Ruhe im Frühjahr. Als niemand hier war. Aber das darf man ja nicht laut sagen." Ich musste über diese Aussage ebenso schmunzeln wie sie mich verstörte: Denn was sagt es bitte über den Zustand der Gesellschaft aus, wenn selbst über 80jährige sich noch vor einer Verbalhinrichtung für jedes vermeintlich falsche Wort fürchten müssen?

Ich möchte besser nicht mehr darüber nachdenken und fokussiere auf das, was ich an dieser Insel liebe: Die verschwenderische Pracht des Weltnaturerbes, das Meer und die endlose Weite des ostfriesischen Himmels. Nach den

Quarantänetagen nahezu gierig auf Sonnenlicht und Luft verbringe ich jede freie Minute draußen.

Denn nun ist auch wirklich Sommerwetter. Der Sand ist bereits so heiß, dass er die Fußsohlen verbrennt; am Strand tobt das Leben.

Die Freundin schwimmt. Ab und zu sehe ich ihr sommersprossiges Näschen aus den Wellen auftauchen. In ihrem eleganten schwarzen Retro-Badeanzug ist sie ein hübsches Fleckchen Frieden in all dem bunten Lärmen um uns.

Das Leben gefällt mir, denke ich, und fühle mich selten ausgeglichen. Mir fehlt nichts, und kurz bin ich geneigt, mich in eine sorglose Ferienstimmung sinken zu lassen, ohne all den Wahnsinn um uns: Mit dem Virus, mit der Welt. Die Versuchung, all das einfach auszublenden und zu verdrängen, ist groß.

Für einen Moment beginne ich sogar Verständnis für die Menschen zu entwickeln, die es mit den Hygienebestimmungen hier nicht so genau nehmen, weil sie vielleicht auch gerade diese Erleichterung spüren, all dem Wahnsinn kurz entkommen zu sein. Diesem neuen, anstrengenden Alltag mit Mundschutz und Desinfektionsmitteln. Weil Langeoog für sie eben kein Alltag ist, sondern Auszeit.

Und doch ist auch hier keine unkaputtbare Kunstwelt: Denn auch Inselbewohnende sind sterblich, ebenso wie die Inselärzte. Fällt unser Arzt aus, sind wir am Arsch — um es mal ebenso präzise wie unpoetisch auszudrücken. Und darum kann man nur immer wieder auf Vernunft hoffen. Auf Rücksicht und Selbstdisziplin. Hintereinanderlaufen auf schmalen Wegen, damit Entgegenkommende Platz zum Ausweichen haben. Im Supermarkt nicht quer durch die Gänge brüllen und tröpfchenlastige Diskussionen grundsätzlich nicht Fremden zumuten. Es ist machbar. Und viele bekommen es auch hin.

Der Tag neigt sich, und ich stelle fest, dass ich in naher Zukunft nichts Größeres mehr erwarte, nichts plane. Nicht im Sinne von Resignation, sondern im Sinne zunehmend stoischer Gelassenheit. Denn die Coronakrise macht — die Abwesenheit existenzbedrohender Probleme vorausgesetzt — vielleicht auch gewisserweise genügsam: Was geht, geht. Und was nicht geht, geht eben nicht. Fordern und Rechthaberei sind nutzlos in einer Pandemie: Das sollten auch die Ich-fixiertesten unter den Mitmenschen allmählich einsehen.

Wir müssen das jetzt aussitzen; mit Umsicht, Rücksicht, Maske und Augenmaß. Was danach kommt, wird man sehen.

Ich reiße mich aus meinen Gedanken und werfe den Blick zurück auf die Wellen. Die Freundin taucht derweil nochmal ab, und vermutlich ist das auch das Beste, was man zurzeit hier machen kann.

Platz

Mit dem Eintreffen der Inselbahn für die 7:10-Uhr-Fähre bricht die Sonne durch die Wolken. Wenig später hat sich die Wolkendecke ganz aufgelöst, hier und da zieren noch ein paar winzige Cummulus-Flöckchen den türkisfarbenen Morgenhimmel. Um diese Uhrzeit sind fast nur Insulaner unterwegs, die zu Besorgungen aufs Festland müssen, zum Arzt oder Ähnliches. Das aus Bensersiel eintreffende Schiff spült zunächst eine Ladung ArbeiterInnen auf den Kai; danach werden sofort die Fahrgäste für die Gegenrichtung an Bord gelassen. Abstand halten ist schwierig; dennoch geht das Procedere ruhig und halbwegs gesittet vonstatten. Ich bleibe an Deck, um wegen der Maske besser atmen zu können. Und um mir die Insel endlich einmal wieder aus Touristen-Perspektive ansehen zu können. Denn der einzige, der hier gerade Urlaub macht, bin vermutlich ich.

Tatsächlich verlasse ich die Insel das erste Mal seit Januar wieder für mehrere Tage. Vor uns wendet das Frachtschiff im Hafenbecken. Ich schaue auf seine sprudelnde Hecksee und frage mich, was ich wohl fühlen würde, wenn dies jetzt ein Abschied für immer wäre. Wenn ich die Insel nicht nur für 5 Tage verlassen würde, sondern auf unbestimmte Zeit. Wenn ich dort keine Heimat mehr hätte.

Es ist mir unerträglich. Die anderen Leute an Bord, die Geräusche, sogar das Wendemanöver des hellblauen

Frachters — All das verschwindet auf einmal, während sich Herz und Augen an den Konturen der Insel festsaugen, die mit dem Ablegen der Fähre immer kleiner wird. Bald ist der Wasserturm nur noch ein winziger weißer Strich; kurz vor dem Übergang zum „langen" Teil der Insel wähne ich meine Wohnung, die still meine Wiederkehr erwartet. All meine Sachen sind darin; meine Bücher, mein ganzes Leben. Und ein paar Meter Luftlinie davon entfernt macht sich der Mensch, der zu mir gehört, wohl gerade für die Arbeit zurecht.

Der Duft aus Salzwasser und Schiffsdiesel, die Schreie der Möwen und die Morgensonne, die das Meer glitzern lässt; die letzten sichtbaren Meter grünendes Ostende: Es ist Heimat. Die Liebe zur Insel ergreift mich plötzlich wieder in einem Ausmaß, das mich nach über sechs Jahren fast schon überrascht. Natürlich: Es gab keinen Tag, an dem ich die Wunder der Schöpfung hier nicht täglich aufs Butterbrot geschmiert bekam. Die Langeooger Natur ist überirdisch schön. Aber was ist mit den menschengemachten Hässlichkeiten? Gibt es hier nicht genauso viele UnsympathInnen wie anderswo; nicht mindestens genauso viel Gier, Falschheit, Dummheit und Bösartigkeiten? Ja. Aber einmal mehr ist mir das alles nur egal: *„Ich bin hier, weil ich hier hingehör'"*, singen MIA in einem Lied meiner jungen Erwachsenenjahre, das inzwischen auch schon uralt ist. Dass ich für etliche „Ureinwohner" hier eben nicht hingehöre und nie hingehören werden — wie jede Person, die nicht mindestens 10 Häuser mit Abkömmlingen aus 4 Generationen besetzt —: Geschenkt. Es ist auch mein Langeoog. Unser Langeoog, korrigiere ich mich im Geiste, denn nun gibt es hier ja noch jemanden, den ich in meine Zukunft einplanen muss. Ein Zustand, der, so schön er auch ist, tatsächlich noch ein wenig Gewöhnung bedarf.

Nun aber bin ich erst einmal allein unterwegs. In einem nicht allzuweit entfernten Städtchen warten die Eltern auf mich. Die Freundin wird in Kürze nachkommen, und so sind die wichtigsten Menschen in meinem Leben für eine Weile vereint und man hat ein wenig Burggefühl in diesen wahnsinnigen Zeiten.

Ich sehe dem Urlaub ruhigen Herzens entgegen. Im Hafen von Bensersiel schaukeln weiße Segelboote. Ich versuche, die hübschen Bötchen jetzt gänzlich mit den Augen eines Touristen zu betrachten: Einfach die Schönheit genießend, ohne Pläne, ohne Termine. Es ist pures Glück. Ich freue mich auf die Reise — Aber auch schon jetzt auf die Wiederkehr.

Grün

Der Sommer ist auf seinem Zenit angelangt. Noch nie sah ich die Wiesen und Deiche um diese Zeit in so einem satten Grün; und noch nie erstrahlte der Dünenbewuchs in so leuchtenden Farben. Die Kartoffelrosen blühen nach wie vor in tiefem, samtigen Purpur, obwohl zwischen den Blüten bereits erste feuerrote Früchte wachsen. Der viele Regen der letzten Wochen und die verhältnismäßig kühlen Temperaturen haben der Natur offenbar gut getan und sie in all ihrer Schönheit bis in den August konserviert. Während der Rest der Republik zeitweise gebacken wurde, schaffte es das Thermometer auf Langeoog kaum über 20°C. Da meine Wohnung keine Zustände zwischen Sauna und Gefrierschrank kennt, bin ich darüber nicht traurig: Ich kann weder extreme Hitze noch Kälte besonders gut gebrauchen. Noch mehr als die Wohnqualität, die dieses Sommerwetter mit sich brachte, freut mich allerdings die lebendige Natur mit all den Pflanzen, die in diesem Jahr nicht verbrannten und verdursteten. Zwar hat Irland den Beinamen „Grüne Insel" bereits für sich gepachtet, und auf den Ostfriesischen Inseln rühmt sich Spiekeroog damit (beides natürlich nicht zu Unrecht) — aber in diesem Jahr, denke ich, geht auch Langeoog als „Emerald Island" durch.

„So grün habe ich die Insel noch nie gesehen", sage ich, als wir staunend am Strand gen Ostende marschieren; den Blick auf den wogenden Strandhafer und das in unzähligen Farben strahlende Naturschutzgebiet gerichtet. „Ich auch nicht", pflichtet mir die Freundin bei: „Im letzten Jahr war der Deich um diese Zeit ganz braun."

Später bin ich noch einmal allein unterwegs. Erneut hat es zu regnen begonnen. Ich betrachte einen Blütenkelch, aus dem Tropfen kullern. Er war so schwer davon geworden, dass er sich unter dem Gewicht des Wassers neigte und seine Regenlast der Erde schenkte. Unweit davon laben sich ein paar Drosseln an leicht zugänglichem Gewürm: Auch ihnen gefällt der regensatte Boden, zweifelsohne.

Der Regen ist warm und weich auf der Haut und weder von Donnergrollen noch von übermäßiger Dunkelheit begleitet. Es liegt so gar nichts Furchteinflößendes darin: Nur Leben.

Natürlich weiß ich um die Verheerungen, die starke Regenfälle und Dauerregen mit sich bringen können. Ich weiß von Erdrutschen, Überschwemmungen, Leid und Tod. Und dennoch finde ich den Regen jetzt und hier einfach nur schön.

Ich fahre ein paar Meter weiter, an den Weiden entlang, die nun ebenfalls sattgrün sind. Ein paar Pferde stehen darauf; ihr Fell glänzt in der Sonne, die mit schöner Regelmäßigkeit immer wieder durch die Wolken bricht.

Fast könnte man vergessen, was aktuell noch so los ist in der Welt, denke ich, und ein wenig plagt mich das schlechte Gewissen. Es fällt so leicht, sich auf Langeoog in einer eigenen Welt zu fühlen. Aber die Insel ist keine eigene Welt. Sie ist Niedersachsen, Deutschland, Europa. Auch Langeoog ist Pandemie.

Und wie surreal ist es, denke ich weiter, hier all dieses kraftstrotzende, pralle grüne Leben zu sehen, all das Schöne und Beständige — während der Alltag in weiten Teilen noch immer von einer Krankheit bestimmt wird?

Es ist ein eigenartiger Kontrast, einerseits. Andererseits: Ist nicht genau das der Lauf der Welt? Der ewige Kreislauf von Tod und Geburt, von Krankheit und Genesung? Braucht es nicht die Zeiten des Blühens und Kraftschöpfens, um Zeiten der Schwäche und des Welkens zu ertragen, und sei es nur, um währenddessen von den schönen Erinnerungen zu zehren?

Nun will ich nicht philosophieren; und freilich nützt es jemandem, bei dem in dieser Minute in irgendeiner staubigen Stadt COVID-19 ausbricht, absolut nichts, dass auf Langeoog das Deichgras gerade so schön grün ist. Aber mich bringt der Gedanke einmal mehr zu dem Schluss, dass nichts selbstverständlich ist. Kein Sommer, kein Regen. Und auch keine Gesundheit. Es ist ein Geschenk, all das noch haben zu dürfen. Ich wünsche es jedem.

Wach

Zu früher Stunde ist die Welt noch friedlich. Ich bin nicht freiwillig zu Unzeiten wach; temporäre Schlaflosigkeit mit zu frühem Erwachen, im Wechsel mit Phasen des Dauerschlafens, ist symptomatisch für eine chronifizierte Depression, wie ich sie mit mir herumschleppe. Aber ich habe gelernt, nicht mehr dagegen anzukämpfen. Stattdessen stricke ich mein Leben jetzt einfach drumherum, und ich weiß um das Privileg eines Berufes, der mir das auch ermöglicht. Ich kann schlafen, wann immer die Krankheit mich geistig und seelisch lähmt, und arbeiten, wenn ich wach bin. Jetzt zum Beispiel bin ich wach, und bei bemerkenswert klaren Sinnen. All das genieße ich, denn ich weiß, dass jetzt — und nur jetzt — die Insel quasi mir gehört; trotz des tobenden Saisonwahnsinns um mich herum.

Von der Kaffeetasse steigt leichter Dampf auf. Meine Bornholmer Margeriten haben ihre Köpfchen noch geschlossen. Was ich rund um den Balkon höre, könnte kaum schöner sein — in Zeiten, in denen mich am Tage eine permanente Lärmkulisse umzingelt — denn ich höre: Nichts.

Vielleicht ist da ein Säuseln von Wind und ein fernes Meer. Vielleicht das Flügelschlagen eines frühen Vogels auf der Suche nach Frühstück. Der Fahnenmast gegenüber knattert im Wind; das Banner mit der Fahrradwerbung schwer von feuchter Kühle. Im Vorgarten des Ferienhauses gegenüber liegen bunte Spielsachen; die Fenster sind weit geöffnet, um die Nachtwärme zu vertreiben. Aber noch regt sich kein Mensch. Kein Fahrrad klingelt, keine Tür schlägt. Kein Rufen, kein Schreien, keine Gespräche, kein Möbelrücken auf dem Balkon über mir und kein Getrampel im Treppenhaus. Die Luft ist herrlich; ich kann in jeder Hinsicht atmen. Stille ist Freiheit, denke ich dann. Für Menschen, die kein Problem mit Reizüberflutung haben, ist das vielleicht kein nachvollziehbarer Gedanke, aber für mich ist Stille Überlebenselixier. Stille weitet alles: Herz, Lunge, Horizont. Ich wünschte, ich könnte mich an diesen Moment klammern, aber ich weiß, dass er kurz sein wird. Sehr kurz. Denn Stille ist hier im Sommer vor allem eins: Luxus.

Die ersten Menschen tauchen auf; ich höre das Surren ihrer Fahrräder. Viele Langeoogerinnen und Langeooger auf dem Weg zur Arbeit sind darunter; irgendjemand kommt mit einem Anhänger voll Gartengerät aus Richtung des Friedhofs. Das stört mich keinesfalls, denn auch diese Menschen schweigen noch; ebenso wie die frühen Jogger, deren federnder Schritt und rhythmisches Schnaufen in der Morgenstille verhallt, oder die Leute, die ihren Hund ausführen.

Doch bald wacht das Haus auf. Auf der Insel ist zurzeit gefühlt jedes Mauseloch vermietet; in meinem Wohnhaus ist es nicht besser. Fast nie kann ich aus der Tür gehen oder heimkommen, ohne Fremde im Treppenhaus zu treffen. Einige sitzen regelmäßig in Gruppen vor der Haustür. Vermutlich wollen sie dort nur die letzten Sonnenstrahlen des Tages mitnehmen, wenn sich die Sonne vom Balkon ihrer Feriendomizile längst verabschiedet hat. Vermutlich wollen sie aber auch Leutegucken. Und dann sitzen sie da mit ihren Aperolgläsern an der Straße wie in einer gepflasterten Strandbar und sehen mir zu, wie ich hungrig von langen Terminen heimkomme, Supermarkteinkäufe schleppe, den Briefkasten leere oder den Müll wegbringe. Schließe ich das Fenster im zur Straße zeigenden Büro in hörbarer Lautstärke, drehen sich die Köpfe zu mir und starren ins Fenster. Mein Fahrrad ist täglich zugeparkt; eingekesselt von Leihrädern, aus denen ich es umständlich hervorzerren muss, ohne die teuren Mietgefährte zu touchieren. Damit muss man klarkommen, wenn man in einer Touristen-Hochburg lebt, höre ich es nun schon unken: Luxusprobleme. Und dennoch kann ich nicht sagen, dass es mich nicht stresst.

Es gibt Tage, da halte ich es halbwegs aus. Und es gibt Tage, da ist mir das alles zu laut, zu nah, zu grell und zu viel. Die Sehnsucht nach Privatsphäre, nach mehr als 30 Quadratmetern Rückzugsraum, in die nicht auch noch ständig fremde Geräusche — und damit fremde Nähe — oder fremde Blicke dringen, steigt dann ins Unermessliche.

Ein eigenes Haus ist mein Traum. Mit einem verwunschenen Garten, einem Gewächshaus, einem Gemüsebeet; von der Straße aus nicht einsehbar. Ein eigenes Haus. Mit einer schützenden Hecke, in der Vögel brüten. Freunde von mir haben einen Schrebergarten: „Meine Ranch", wie der Hausherr (oder Gartenherr) gern dazu sagt. Auch er nutzt diesen oft als Zuflucht in den lauten Tagen, und ich beneide ihn so sehr darum, wie ich es ihm von Herzen gönne. Nun ist ein Haus für mich alleine auf Langeoog finanziell unerreichbar; eine eigene Wohnung ist hier für Angestellte oder andere Menschen mit maximal mittlerem Einkommen — ohne Erbschaft oder Lottogewinn — Wunder genug. Also gilt es wohl durchzuhalten, irgendwie.

Die Freundin kann auch nicht schlafen, und so brechen wir auf zu einem frühen Spaziergang. Der Strand liegt noch verwaist; eingekuschelt in ein hellgraues Federbett aus Schäfchenwolken, durch die sich nur langsam die Sonne zwängt. Die See leuchtet darunter. Das Glück, auf dieser Insel leben zu dürfen, ist für mich in diesem Moment fast physisch greifbar. Auch wenn so vieles inzwischen Alltag ist; auch wenn sich trotz aller landschaftlichen Schönheit auch immer wieder Hässliches auf Langeoog abspielt.

Von Letzterem darf man freilich nicht öffentlich reden; indes frage ich mich, wem eine völlig verkitschte Außenwahrnehmung der Insel nützt. Unterschätzen wir unsere Gäste damit nicht sogar?

Nein, die Langeoogerinnen und Langeooger kennen sich nicht alle persönlich. Niemand kennt 1800 Menschen persönlich, schon gar nicht angesichts der recht ordentlichen Fluktuation hier jedes Jahr. Und nein, nicht alle sind miteinander befreundet oder helfen sich. Man steht auch nicht täglich klönschnackend am Gartenzaun, singt sehnsuchtsvolle Seemannslieder und trinkt ausschließlich Tee oder alkoholfreien Schnaps. Die Insel mag ein Ferienparadies sein — aber sie ist nunmal auch ein Dorf, das ist, wie Dörfer eben so sind. Oder auch wie jeder halbwegs autarke Großstadtkiez: Es gibt Neid, Missgunst, häusliche und sonstige Gewalt, Homophobie, Vandalismus, Sucht, Krankheit, Mobbing, Intrigen, Scheidungen, Sexismus, Rassismus, Tod. *Deal with it:* Wir sind nicht Disneyland. Die Seehunde liegen nicht zum Kuscheln und als Selfie-Requisit am Strand, sondern meistens nur zum Ausruhen. Und manchmal liegen sie da auch zum Sterben.

Vor den Inseln kreuzen zuweilen Kriegsschiffe; der Marinestützpunkt liegt nah. Ich erinnere einen aufgebrachten Familienvater, der meinte, dass die Kinder sowas nicht sehen sollten beim Spielen im Sand. Und die toten Seehunde? Gehören auch umgehend weggeräumt.

Nun kommt sowas aber mitnichten nur von Gästen, denn auch Langeoogerinnen und Langeooger tun sich zuweilen mit der ungeschönten Realität schwer: Schließlich könnte sich, so offenbar die Befürchtung, eine allzu weltliche Außenwahrnehmung auf die Gästezahlen und damit das eigene Einkommen auswirken. *Money makes the world go round* — selbst wenn man die Welt dafür erst rundschleifen muss. Auch das macht mich zuweilen sehr müde, denn auch das ist anstrengend.

Es ist ein wundervolles Leben auf Langeoog, aber es gibt für alles einen Preis. Und für manche Dinge ist er ziemlich hoch.

Viel wird von den selbsternannten „Macherinnen" und „Machern" der Insel von Transparenz geredet; umso mehr frage ich mich, warum man diesen Preis dann nicht nennen darf. Warum man nicht einmal die kleinste Schattenseite des insularen Alltags, geschweige denn des hohen Touristenaufkommens, erwähnen darf, ohne mit imaginären Mistgabeln vom Acker gejagt zu werden.

Maulkörbe engen ein. Nach 6 Jahren auf Langeoog würde ich nie behaupten, dass die Insel ob ihrer bloßen Quadratmeterzahl klein wäre. Sie ist es nicht; wenn man genau hinschaut, entdeckt man auch nach Jahren noch neue Wege, neue Tier- und Pflanzenarten sowieso. Aber eine bestimmte Sorte Mensch verzwergt zumindest das Inseldorf zum Teil gewaltig, und zwar jene, die nur exakt eine Version von Langeoog zulassen: Ihre eigene. Weil das schon immer so war. Und weil die Gäste angeblich nur genau diese Version hören, sehen, fühlen wollen. Dass es daneben glücklicherweise auch noch all die anderen gibt — jene Menschen, die eben nicht so sind; die Freigeister, die Querdenkenden und Individualisten der Insel — ist zweifelsohne ein Geschenk und wieder eine dicken Eintrag auf der Haben-Seite der Lebensqualität Wert. Aber ich bin es müde, diese Leute immer eigens zu erwähnen, solange man nicht auch über das Gegenstück dazu reden darf.

Vor dem Balkon werden nun die Rasenmäher angeworfen, die Hochdruckreiniger, die elektrischen Heckenscheren. Die Straße vorm Haus wird zur Autobahn — nur ohne Autos. Fahrräder, Kutschen, E-Karren, Fahrräder. Noch mehr Fahrräder. Und Fahrräder. Die Ernte der Saison wird eingefahren.

Liebe, Tod und Leben

An einem lauten, trubeligen und schwülwarmen Tag zieht es mich auf den Friedhof. Klar, mag man nun meinen, wo soll man sich inmitten einer depressiven Episode sonst herumtreiben als an einem Ort, den die meisten Menschen mit Trauer, Melancholie oder gar etwas Morbidem verbinden? Dem ist, zumindest in meinem Falle, aber nicht so. In mir weckt der Friedhof Lebensgeister, und das liegt nicht nur daran, dass der Dünenfriedhof eine herrliche Oase der Ruhe in Zeiten der totalen Reizüberflutung durch den Hochsaisonbetrieb ist.

Wenn man den Friedhof betritt, duftet es bereits nach wenigen Metern nach Nadelwald. Verschiedenartige Finken stieben im Schwarm aus den Ästen von Kiefern, Fichten und Tannen; unter den Bäumen sieht man unzählige weitere Vögel, die Leckereien aus dem mit abgefallenen Nadeln und Zapfen gepolsterten Boden klauben. Und aus allen Kronen und Wipfeln singt und zwitschert es, untermalt vom Rauschen des nahen Meeres.

Wenn sich der Blick aufs Gräberfeld öffnet, bietet sich jetzt im Sommer natürlich eine besonders herrliche Blumenpracht. Es ist schön, zu sehen, wieviel Liebe den Toten von Angehörigen oder Freunden — zum Teil auch Jahrzehnte später noch — entgegengebracht wird. Vor der Urnenwand mit den Gedenkplaketten hat jemand Fotos abgestellt: „Wir vermissen Dich". Weißhaarige Männer lächeln darauf: Irgendjemandes geliebter Mann, Vater, Opa, Bruder, Freund. Oben auf der Wand steht ein Fläschchen Friesengeist, umgeben von kleinen Engeln und Muscheln. Irgendetwas rührt mich an diesem Fläschchen besonders — vermutlich, weil es die auf eine wundervolle Weise kindliche Vorstellung transportiert, dass der Opa sich auch im Himmel noch über seinen Klaren freut. Von einer anderen Grabstelle lächeln einen zwei Wikingerschiffe an, oder eher die Vordersteven der Schiffe, die wie Kamelköpfe gestaltet sind. Sie sehen sehr niedlich aus, und ich denke, dass diese Art von Schiffen dem Verstorbenen sicher etwas bedeutet hat, wenn er sie auch nach dem Tod noch von Angehörigen geschenkt bekommt. Und wer findet nicht gerne ein Lächeln an einem Ort der Trauer?

Denn obwohl auf Friedhöfen sichtbar um Menschen getrauert wird: Ist es nicht die mindestens ebenso sichtbare Liebe, die diesen Ort zugleich zu etwas sehr Lebendigem macht?

Nach einem Gebet für die Verstorbenen zieht es mich in eine besonders ruhige Ecke des Friedhofs, die ich gerne zum Nachdenken aufsuche oder zum inneren Leerwerden in dieser hektischen Zeit. Die Bank hinter der Leichenhalle, an dem winzigen künstlichen Teich unter den Tannen, ist neben der Kirche mein liebster Zufluchtsort, wenn ich Lärm und Menschenmassen und all die unvermeidbar aufgezwungene Nähe (optisch, akustisch, physisch) nicht mehr ertrage. Natürlich sind auch auf dem Friedhof gewisserweise überall Menschen, aber die Toten fürchte ich nicht. Und oft genug wünschte ich, mich würden auch die Lebenden weniger ängstigen.

Auf jeden Fall ist dies ein überaus friedlicher Platz, den ich grundsätzlich seelisch gestärkt wieder verlasse. Gott fühle ich mich dort sehr nah, und tatsächlich ist der Friedhof ein Ort, an dem ich auch die Liebe zum Leben immer wieder neu entdecke — so paradox es auch klingen mag.

Auf der Rückseite der Friedhofskapelle mit der Leichenhalle befindet sich die Wendeschlaufe für die Fuhrwerke. Dort laden die Kutscher die Särge aus. Obwohl es in den letzten Tagen viel geregnet hat, steigt vom Asphalt der Wendeschleife ein leichter Geruch nach Pferdeurin auf, den vermutlich kein Wasser der Welt mehr davonspülen kann. Ich muss darüber ein wenig lächeln, weil einem die Anwesenheit eines lebendigen Organismus an diesem Ort des Todes kaum unverblümter vermittelt werden könnte.

Ich mag es, Friedhöfe zu besuchen, denn es wärmt grundsätzlich mein Herz zu sehen, dass Menschen nicht vergessen sind. Natürlich gibt es auch hier leider Gräber, die niemand mehr pflegt — ein Anblick, der traurig stimmt. Aber ich weiß auch, dass es auf der Insel Menschen gibt, die von ihrem privaten Geld gelegentlich Blumen kaufen und diese ehrenamtlich an die Gräber und Gedenksteine der vermeintlich Vergessenen stellen. Ich empfinde dafür große Hochachtung, denn noch mehr als bei guten Werken an Lebenden zeigt sich hier wohl ein besonderes Maß an Altruismus: Die Toten werden sich schließlich kaum erkenntlich zeigen können — auf Gegenleistung zu spekulieren, wäre also vollkommen sinnlos. Aber ich danke diesen Spendern sehr dafür, weil sie mich mit dieser Geste wieder an das Gute und Selbstlose erinnern, das man zuweilen ja doch noch in der Menschheit findet. Auch wenn das laute, egoistische und rohe Gebrüll in der Gesellschaft oftmals alles andere übertönt.

Nach einer Weile kehre ich zurück unter die Lebenden, bzw. in einen Bereich Langeoogs, an dem die Lebenden nicht nur die guten, unsichtbaren Geister sind, die namen- oder angehörigenlosen Toten Blumen spenden.

Auf der Wiese hinter dem alten Hospiz spielt ein junger Vater mit seinem Kind Ball. Beide haben sichtlich Freude daran, doch dann fliegt der Ball in ein dichtes Heckenrosengestrüpp.

So schön die Langeooger Kartoffelrosen auch aussehen und duften mögen: Ihre Dornen sind eine einzige Qual. Und so kann ich nur staunen, als der Vater tatsächlich in das Gestrüpp steigt, um den geliebten Ball des Kindes zu retten. Natürlich gibt er nicht gerade Laute des Wohlgefühls von sich; seine Arme und Beine sind nackt, und bald reicht ihm das wehrhafte Geäst bis zur Brust. Aber letztlich hat er den Ball, und man sieht ein sehr glückliches Kind mit einem sehr zerkratzten Vater.

„Respekt", denke ich. Und zugleich: Das ist wohl eine der reinsten Formen von Liebe.

Ich hätte vermutlich einen neuen Ball gekauft, muss ich mir eingestehen, obwohl ich natürlich weiß, wie sehr Kinder um ein bestimmtes Spielzeug trauern können. Und ich weiß, welche Helden Eltern sind, die einem ein geliebtes Spielzeug retten oder dem abgeliebten Plüschtier zum hundertsten Mal die Löcher zunähen oder die abgeplatzten Augen bemalen.

„Für mich der Vater des Jahres", erkläre ich der Freundin feierlich, und sie stimmt mir zu. Denn bedeutet Liebe nicht immer irgendwie, für den anderen auch einmal in Dornen zu steigen? Und sich für Dinge einzusetzen, die dem geliebten Menschen wichtig sind, obwohl man der Sache selbst vielleicht gar nicht so viel abgewinnen kann? An der Seite des Partners, der Partnerin (wahlweise: Der Eltern, Kinder, besten Freunde) zu stehen, wenn diese von anderen mit Dornen gequält werden? Eine Weile sinniere ich noch über das Erlebte nach und denke, dass dieses Kind bestimmt einmal glücklich wird.

Auch der Franziskanerpater, dem ich später in der Heiligen Messe zuhöre, erzählt in warmen Worten von der Liebe, wenn auch in nochmals anderem Kontext. Und mich erstaunt einmal mehr, in wievielen Formen uns Liebe im Leben begegnen kann.

Leib und Seele

Von den heißesten Tagen auf Langeoog bekomme ich nichts mit. Der Hochsommer, von den Touristen lange ersehnt, hat endlich Einzug gehalten und Temperaturen um 30°C locken alles, was sich bewegt, in und an die Nordsee.

Ich bewege mich nicht. Ich liege mit Fieber, gegen das die Außentemperatur ein erfrischender Hauch ist, im Bett. Zum Glück hat mich auch diesmal kein Coronavirus niedergestreckt, sondern eine profane Mandelentzündung — ein Spaß ist es trotzdem nicht. Vor allem, weil ich sie viel zu spät als solche wahrnahm. Die tagelange bleierne Müdigkeit? Überarbeitet. Das Gefühl vollkommener Erschöpfung? Psyche. Die Kopfschmerzen, der Stimmverlust, der Kloß im Hals? Psyche. Eine aufziehende depressive Episode, sicherlich: *„Hello darkness, my old friend".*

Bei der chronifizierten Form der Depression, die ich seit 30 Jahren hinter mir herziehe wie einen mal mehr, mal weniger schweren Schleppanker, gibt es schon lange nichts mehr an klassischen Symptomen einer Depression wie Traurigkeit oder Gedankenkreiseln. Irgendwann treten an diese Stelle episodisch nur noch Schwere und Leere — in Einheit mit verschiedenen körperlichen Malaisen. Diese psychosomatischen Beschwerden von akuten körperlichen Erkrankungen abzugrenzen fällt, wie ich zu meinem Entsetzen feststellen muss, sogar mir zunehmend schwerer. Ansonsten hätte ich mir sicher ein paar Tage früher mal in den Hals geguckt; hätte ich rechtzeitig Antibiotika besorgt; wäre das Fieber nicht so ausgeartet.

Ja: Hätte.

Indes bringt mich das auf ein Thema, mit dem viele Menschen, die irgendwann in ihrem Leben mal eine psychische Krankheit hatten (oder dauerhaft haben) zwangsläufig konfrontiert werden: Dem Abgestempeltsein als „Psycho", der sowieso nichts hat außer eben … you name it. Und so hat wohl jeder seine Erlebnisse mit ÄrztInnen, die körperliche Untersuchungen verweigern, weil sie nach Lektüre der Krankenakte grundsätzlich von Psychosomatik ausgehen (der nette Inselarzt sei hier ausdrücklich ausgenommen). Oder mit Versicherungen, die einen als Kundschaft ablehnen, weil man irgendwann im Leben mal eine Therapie gemacht hat — Als sei es gesünder, seelische Probleme unbehandelt zu lassen.

Dass es in Bezug auf seelische Krankheiten für manche Menschen und Behörden noch immer ein Stigma ist, sich ärztliche Hilfe gesucht zu haben, ist für mich ein ausgewachsener Skandal. Würde man einem Menschen applaudieren, der sich ein gebrochenes Bein nicht schienen lässt? Würde man nicht sagen: Du spinnst, ab zum Arzt mit Dir! — Warum also, frage ich mich, funktioniert das nicht auch mit einem gebrochenen Herzen? Warum wird man mit einem Schatten auf der Lunge sofort in die Klinik gescheucht, aber bei einem Schatten auf der Seele kommt „Lach doch mal, ist schönes Wetter?"

Man könnte jetzt leicht „von Hölzken auf Stöcksken" kommen, wie wir im Ruhrpott sagen: Dass die Tabuisierung psychischer Krankheiten an den ererbten Kriegstraumata liegt, wo man über die massenweisen Verzweiflungssuizide und das Kriegszittern rückkehrender Soldaten auch nicht sprach. Und an einer giergetriebenen, haifischkapitalistischen und sozialdarwinistischen Gesellschaft, die alles, was auch nur ansatzweise nach Psychiatrie riecht, unter „unzurechnungsfähig", „Minderleister" und „wirtschaftliche Belastung" einsortiert. Und so weiter. — Der Gründe sind viele, und eigentlich verdient jeder davon ausführliche Betrachtung.

Umso mehr erschüttert mich, dass ich selbst in dieses Muster verfalle: Das bisschen Hals ist so lange psychisch, bis es eitert.

Jedenfalls ist draußen Sommer, was sich an der Geräuschkulisse im Haus und umzu auch deutlich abzeichnet. Da mich rasende Kopfschmerzen am Musikhören oder Fernsehen hindern, die Wohnung wahnsinnig hellhörig und das Fenster witterungsbedingt zwangsläufig auf ist, gibt es kaum ein Gespräch, das ich nicht mitbekomme. Die Leute erzählen sich ihre Erlebnisse vom Strand und aus dem Dorf; die lautgestellten Telefone lassen auch gleich Tante Gertrauts Antworten am anderen Ende der Leitung auf Langeoog erschallen: Der Cousin hat jetzt auch sein Abitur. Gestern gab es Pfannkuchen. Die Tochter will jetzt auch unbedingt diese Schuhe.

Auch in der Nacht ist es nicht still. Die Menschen sitzen auf ihren Terrassen und Balkonen; im Viertelstundentakt rasen betrunkene Jugendliche auf Rädern vorbei. Aus einer Musikbox dröhnt irgendwas mit Bayern und Deutscher Meister, Mädchen kreischen, Jungs johlen.

Auf den Genuss einiger ruhiger Minuten auf dem eigenen Balkon muss ich lange warten: Dann aber singen die Grillen und der warme Sommerwind streicht über die schweißfeuchte Haut. Ein unvorstellbarer Luxus.

Ein lieber Freund bringt mir Medikamente und Trost vorbei; mit dem Einsetzen der Wirkung geht es zunehmend bergauf. Nach 5 Tagen in der Wohnung wage ich mich erstmals vors Haus. Das Meer sehe ich leider immer noch nicht. Denn der Strand ist zu weit weg, das instabile Gehen auf Sand einem instabilen Kreislauf vermutlich nicht zuträglich, und die zu erwartenden Menschenmassen schrecken mich ebenfalls ab. Also schleiche ich nur ein Stück die Straße hinunter und wieder zurück.

Aber natürlich reicht das auf Langeoog aus, um schon irgendwen zu treffen, der einen kennt. In meinem Falle ist das ein sympathisches älteres Ehepaar, das häufig in der Kirche ist. Sie stammen aus Kroatien und haben sich hier nach der Flucht vor dem Krieg eine Existenz aufgebaut. Manchmal deutet die Frau an, was sie erlebt hat, und es erschüttert mich. Es sollte nicht sein, dass Krieg (egal welcher) für so viele Menschen noch bittere Realität ist — und nicht nur etwas, wovon die Großeltern sich zu erzählen weigerten. Auf jeden Fall begegnen mir die beiden immer gütig und freundlich und ich habe einen Heidenrespekt vor ihrer Lebensleistung.

Und was auch schön ist: Sie haben mich vermisst. „Du warst schon lange nicht in der Kirche", sagt die Frau, „geht es dir nicht gut?" Ich erkläre ihr meinen Zustand und dass ich es selbst bedauere, es nicht zur Messe zu schaffen zurzeit. Aber auch die Kirche ist noch zu weit, wenn der Körper nicht will. Das ist wohl einer der wenigen Nachteile einer autofreien Insel: Man kann sich kein Taxi nach St. Nikolaus bestellen. Und für das Bestellen der Krankenkommunion fühle ich mich noch nicht krank genug.

Die beiden ziehen nach dem Austausch guter Wünsche ihrer Wege und ich denke darüber nach, was für ein starkes Instrument der sozialen Kontrolle der Kirchgang in früheren Zeiten gewesen sein muss. In dem Fall, dass man sich um jemanden sorgte, der plötzlich nicht mehr kam, war das sicher etwas Gutes. Oder im Fall, dass man Blessuren und blaue Augen an Kindern oder Ehefrauen sichtete oder sonstige Indizien häuslicher Gewalt wahrnahm und ggf. den Pfarrer nachhaken lassen konnte (der ja damals auch noch eine Instanz war).

Aber sicher nutzten viele die allsonntägliche Gemeindeversammlung auch zum Tratsch: Welche Paare sitzen nicht mehr nebeneinander, wer trägt ein zu gewagtes Kleid oder gar ein ärmliches? Wessen Bauch wölbt sich verdächtig, wer übertüncht seine Schnapsfahne mit billigem Parfum?

Andere wiederum werden den Kirchgang zum Angeben benutzt haben: Instagram gab es ja noch nicht. Also wurde der teuerste Sonntagsstaat rausgekramt, der juwelenbesetzte Rosenkranz, das Gotteslob in goldgeprägtem Etui. Die Kinder gebadet und gescheitelt und stocksteif zurechtgesetzt, die Münder so fest geschlossen wie die Knie der anwesenden Damen unter den wadenlangen Röcken. Damit alle sahen: Man hatte sein Leben im Griff und es ganz allgemein geschafft — Zum Thema „Hinter den Kulissen aber ..." sei an dieser Stelle geschwiegen.

Im Idealfall ging man aber damals wie heute schlicht zum Beten hin und betrachtete den Rest der Gemeinde mit aufrichtigem, aber nicht übergriffigen oder Tratschsucht-motivierten Interesse am Nächsten. Zumindest wäre das wünschenswert, und ich hoffe, dass ich es bald auch wieder zur Kirche schaffe.

In der nächsten schlaflosen Nacht zappe ich durch das TV-Programm. Auf EWTN beginnt soeben „Grüß Gott aus Heiligenkreuz". Die schönen Bilder vom Stift lassen in mir den Januar wieder aufleben, als das Jahr noch in aller Unschuld daherkam. Die Erinnerungen an diese wunderbare Zeit und die kühlen Klostermauern lassen gefühlt auch das Fieber weiter sinken. Gott ist ja überall, tröste ich mich. Und ich freue mich sehr darüber, dass mir nun, da mein Sehnen nach St. Nikolaus nicht erfüllt werden kann, nachts um 3 stattdessen ein ganzes Kloster geschickt wird.

Post

Ich mag analoge Post. So sehr ich mich über E-Mails, Anrufe und Messenges lieber Mitmenschen auch freue, übertrifft doch wenig die Freude daran, einen „richtigen" Brief, eine Postkarte oder ein liebevoll geschnürtes Päckchen in den Händen zu halten, das nur wenige Tage vorher noch in den Händen des geschätzten anderen war.

Ohne analoge Post würde ich von kaum einem meiner Freunde die Handschrift kennen. Da gibt es hingeworfene „Sauklauen" wie meine oder akribisch gemalte Buchstaben; und auch alle Geschlechterklischees werden gern widerlegt: So hat ein Berliner Freund eine ausgemachte „Mädchenschrift", überaus ordentlich, rund und harmonisch, während einige meiner Freundinnen(w) jedes Apotheker(m)-Vorurteil erfüllen. Handschrift war in der Grundschule mein schlechtestes Fach; meine Schrift ist eine konzeptlose Ansammlung krakeliger Disharmonien, und oft kann ich sie selbst schon nach wenigen Minuten nicht mehr lesen, sodass ich einzelne Wörter im Notizbuch immer wieder durchstreichen und „ordentlicher" überschreiben muss, was allerdings auch oft erst im zweiten oder dritten Anlauf gelingt. Mich ärgert das selbst, aber angesichts des Nachlassens der Feinmotorik mit dem Alter und mangelnder Übung im Mit-der-Hand-schreiben, kann ich diesbezüglich wohl wenig Besserung erwarten. Und, zugegeben: Die Erinnerung an die Grundschullehrerinnen-Schimpftiraden bezüglich meiner Sauklaue motivieren auch 40 Jahre später noch nicht unbedingt.

Da ich ansonsten eher pendantisch veranlagt bin und meine Wohnung mitnichten wie meine Handschrift aussieht, wäre ich indes vorsichtig, was Rückschlüsse aus der Schrift über den Charakter angeht. Tatsächlich erinnere ich aber einen Schweizer Verlag, bei dem ich eine Handschriftenprobe mit der Bewerbung einzureichen hatte — für ein graphologisches Gutachten. Freilich war das Anfang der Nullerjahre und ich bezweifle, dass das dort immer noch üblich ist; die Stelle bekam ich jedenfalls nicht.

Auf jeden Fall vermag auch die viehischste Schrift mir nicht die Freude an analoger Post verleiden; weder beim Senden noch beim Empfangen. Denn natürlich verschicke ich selbst gern schöne Dinge, Postkarten, Briefe und kleine

Aufmerksamkeiten: Nur wenig schlägt die heimliche Vorfreude darüber, was der oder die Beschenkte wohl dazu sagen wird, und das Schönste ist, dass man diese Vorfreude die ganze Lieferzeit über auskosten kann. Bei Messenges, wo man die Antwort binnen Minuten erhält, ist das natürlich weniger ausgeprägt.

Das Faszinierende am Analogen, denke ich, ist wohl, dass einfach mehr Sinne daran beteiligt sind. So ein Paket zu öffnen, bietet schließlich eine ganze Menge haptischer, audiovisueller und sogar olfaktorischer Reize: Angefangen vom dezenten Zigaretten-Odeur, der noch im Seidenpapier des ketterauchenden Freundes festhängt, bis hin zum versehentlich hinterlassenen Tintenfingerabdruck eines anderen. Auch Lokalzeitungen aus der Heimatregion des Absenders als Paketpolsterung sind immer etwas Herzerwärmendes. Hinzu kommen die Geräusche des Aufschneidens und Kramens, des Entwirrens und Entfaltens und all die Gefühle dabei: Das glatte Klebeband, die grobe Papierwolle, die quietschenden Styroporflocken, die durch Reibungselektrizität an den Fingern haften bleiben. All das entfällt beim Öffnen einer E-Mail.

Die letzten Tage bekam ich überhaupt keine Post, nicht einmal Rechnungen, da ja sogar diese fast nur noch als PDF erhältlich sind — und zu deren Abrufen man sich dann gefühlte 800 Passwörter für 900 Websites à 150 Zeichen merken muss. Eine Erleichterung für mich als Endkunden sehe ich hier nicht; sehr wohl aber die Portoersparnis für das Unternehmen. Auf jeden Fall machte mich die postlose Zeit so traurig, dass ich nicht nur über das besondere Vergnügen des Empfangens sinnierte, sondern auch über das Versenden.

Und da fiel mein Blick auf den liturgischen Kalender.

„Jetzt bestellen!" warb ein Zwischenblatt schon für die Ausgabe 2021; auf der Rückseite waren Linien eingedruckt, in die man die eigene Adresse eintragen konnte, um das Ganze dann im Umschlag zu verschicken. Natürlich: Man hätte vermutlich problemlos auch eine E-Mail-Bestelloption ergoogeln können. Oder das Ganze per Telefon erledigen. Aber ich witterte meine Chance, etwas wunderbar Anachronistisches zu machen und bestellte den neuen Kalender per Post. Natürlich ist das, genau überlegt, ein Wahnsinn: Ökologisch wie ökonomisch. Man braucht einen Stift, einen Briefumschlag und eine 80-Cent-Marke. Das Postauto verbrät CO_2 auf dem Weg, und angekommen im Verlag muss irgendein armes Schwein den Umschlag öffnen, den Zettel hervorkramen, meine Sauklaue entziffern und die Adresse in den Computer tippen, damit der neue Kalender dann irgendwann vorm 31. Dezember den Weg nach Langeoog findet.

Ich erinnere, dass in einer der Werbeabteilungen, in denen ich früher gearbeitet hatte, eigens Praktikanten beschäftigt wurden, die 8 Stunden nichts anderes zu tun bekamen als Adressen auf Gewinnspiel-Postkarten abzutippen, obwohl es meist eh nicht wirklich etwas zu gewinnen gab oder die Gewinner aus Klüngelgründen bereits vorher feststanden. Dass die Praktikanten dabei nichts über Marketing lernten, außer, dass noch viel mehr Beschiss dabei ist, als man schon immer vermutet hatte, steht leider außer Frage. Und vermutlich gereicht die Möglichkeit zur Online-Teilnahme an Gewinnspielen heutigen PraktikantInnen sehr zum Vorteil.

Dennoch hatte das Ausfüllen des Kalender-Bestellzettels für mich etwas Besonderes: Es waren, wie auch beim Empfangen, fast alle Sinne beteiligt (hier sogar inklusive des Geschmackssinnes beim Anlecken der Briefmarke), und man hatte gleich doppelte Spannung: Kommt die Karte an? Und kommt auch der Kalender?

  Zudem sind die Bestelloptionen auf so einem Zettel begrenzt, was auch vor Shopping-Exzessen schützt. Im Internet hätte ich neben dem Kalender nämlich vermutlich noch Kerzen und Deko und Bücher und Rosenkränze gekauft — der Zettel indes sah genau eine Option vor: „Hiermit bestelle ich __ Exemplare ‚Liturgischer Kalender'", mit oder ohne Rückwand, Unzutreffendes bitte streichen. *That's all.*

Überdies wurden Kindheitserinnerungen wach: Plötzlich hatte ich wieder plastisch vor Augen, wie die ganze Familie früher am Esstisch über dem dicken OTTO-Katalog hockte. Der Bestellzettel dazu hatte vielleicht 15 Zeilen, und das war's dann: Wenn voll, dann voll, während virtuelle Einkaufswägen bekanntlich das Fassungsvermögen eines Containerschiffes haben. Man musste sich also einschränken und seine Wahl weise treffen; nicht nur des Budgets wegen. Außerdem machte das Eintragen der ewig langen Artikelnummern, Farb- und Größencodes keinen Spaß, sodass auch dieser Punkt beim Zusammenreißen half. Danach verschickte man den Zettel mit der Post oder Muttern gab die Wünsche telefonisch durch; im Anschluss hieß es: Warten. 2-3 Wochen Lieferzeit juckten damals niemanden, während die Leute heute teils schon nach 48 Stunden eskalieren. Es war also nicht alles schlechter ohne Internet, wiewohl ich hier unumwunden zugebe, durchaus auch nostalgisch zu verklären. Auf einer Insel ist man ohne funktionierenden Online-Handel mitunter verloren. Wie sonst bekäme ich hier neue Möbel vor die Tür gestellt, Tinte für meinen Uralt-Drucker oder die von mir besonders begehrten internationalen Süßwaren, die man auf dem Festland maximal im KaDeWe, aber sicher nicht in Ostfriesland findet? Das Internet kann auch ein Segen sein.

Was persönliche Post angeht, möchte ich aber keinesfalls auf alles Analoge verzichten, und gute FreundInnen wissen das. Umso mehr freute mich, als nach 3 postlosen Tagen gleich zwei schöne Briefe von den Lieben auf dem Kontinent eintrudelten — dazu eine Rechnung sowie ein Kreditangebot, das mir auf Papier sorgloses Online-Shopping versprach. Ich lehnte dankend ab.

Ruhepol

Der Himmel gibt sich heute alle Mühe, um einen nicht vergessen zu lassen, warum es auf Langeoog schön ist. Vor dem Korallenrot und Gold des Sonnenuntergangs präsentieren sich winzige Wolkenflöckchen, schwungvolle Federwolken und Wolkenfelder, die aussehen wie ein Strang ordentlich gekämmter Wolle. Darunter glänzt silbrig die unendliche Weite des Meeres.

Dass sich in den Duft nach Seewasser noch der Diesel der Baufahrzeuge mischt, die zurzeit eine Strandaufspülung bewerkstelligen — geschenkt; ebenso wie das Hämmern und Rumpeln des Sand-Wasser-Gemischs, das durch die ausgelegten Rohre schießt. Die Maßnahme ist nötig, und sie hilft uns allen. Sie verspricht mehr Sicherheit für die nächste Sturmflutsaison und ein noch höheres Maß an Geborgenheit auf der bis dahin hoffentlich etwas einsameren Insel.

Noch immer hat der Saisonbetrieb nicht nachgelassen, obwohl an den Bäumen bereits die ersten Kastanien reifen und auch der Sanddorn bald in voller Pracht steht. An manchen Morgen riecht auch die Luft schon herbstlich, aber die Tage sind immer noch gefühlter Hochsommer. Es ist so heiß, dass man nicht bei geschlossenem Fenster arbeiten oder gar schlafen kann. Lässt man aber die Fenster offen, so dringt unablässig Lärm herein, der an Konzentration und Nerven zerrt. Ich kann nicht behaupten, dass ich diese Zeit genieße. Viele Bekannte machen derzeit auf Langeoog Urlaub, und gerne sähe ich den einen oder die andere davon, aber die Saison raubt mir jede Kraft zum Socializing. „Kommt im Herbst wieder, im Winter oder im Frühjahr", sage ich dann, und die meisten verstehen das sogar.

Nicht einmal die Freundin sehe ich zurzeit in nennenswerter Menge, denn zum einen sind unsere Arbeitszeiten reichlich (und reichlich verschieden), und zum anderen möchte man nicht noch unbedingt ein 37°C warmes Lebewesen neben sich im Bett haben, wenn man in der winzigen Wohnung ohnehin schon das Schicksal des heiligen Laurentius teilt, den man bekanntlich lebendig grillte.

Jetzt am Strand aber ist sie bei mir, und sie ist mir die Insel der Ruhe, die Langeoog zurzeit nicht sein kann. Ich bin dankbar für ihre Anwesenheit und sehne den stillen Tagen entgegen, in der mehr Zeit für ein Miteinander bleibt und die ständige Reizüberflutung durch die Vielzahl an Menschen endlich zum Stillstand gelangt.

An manchen Tagen der Hauptsaison fällt es mir schwer, nicht in einen Zustand von Anhedonie zu verfallen; und ja, es gab sogar schon Momente, in denen ich an meinem geliebten Meer stand und fürchtete, dass das mit mir und Langeoog doch irgendwann enden könnte — und zwar auf eine Weise, wie sie Erich Kästner in seinem Gedicht *„Sachliche Romanze"* unübertrefflich beschreibt:

„Als sie einander acht Jahre kannten
(und man darf sagen: sie kannten sich gut),
kam ihre Liebe plötzlich abhanden.
Wie andern Leuten ein Stock oder Hut. (...)"

Aber dann stellte ich mir vor, wie es wäre, wieder kilome-
terweit vom Meer entfernt zu leben, und jeder Zweifel an
der Haltbarkeit meiner Liebe zur Insel war unverzüglich
ausgeräumt. Ich habe hier das Beste aller bisherigen Leben, und es ist zweifelsohne eine große Quelle des Un-
glücks, nur auf das zu schauen, was man nicht hat, anstatt
sich seines aktuellen Beschenktseins bewusst zu werden.
Die Hauptsaison ist für jemanden mit meinem Naturell
schwer auszuhalten; das ist sie jedes Jahr — aber ich erfahre auch immer wieder, dass sich das Aushalten lohnt.

Eines der schönsten Geschenke dieses Jahres klettert soeben über die Rohre im Sand, um zu den Strandkörben zu
gelangen, und ich bin froh, dass ich nichts weiter tun muss,
als ihr zu folgen. Dass ich nichts haben, nichts sein und
nichts beweisen muss, und sie trotzdem bei mir sein will;
dass ich für ihre Liebe nichts tun muss, außer zu existieren.
Ich war in dieser Lage nicht oft, aber das ist wohl das viel-
besungene Wunder der Liebe. Liebe, so denke ich, gibt
einem wohl immer exakt das, was man gerade braucht:
Liebe bringt Stille in den Lärm, liefert Zerstreuung, wo
man angespannt ist, und die gemeinsamen Träume vom
Winter bringen sogar etwas Kühlung in diese heißen Tage.

Die Liebe ist mein Schutzschild in Zeiten des ständigen Ausgeliefertseins; die Rettungsinsel im Menschenmeer. Auch der heilige Bernhard von Clairvaux, dessen Gedenktag heute gefeiert wurde, hat zum Thema „Liebe als Ruhepol" etwas sehr Schönes gesagt: *"Wir finden innere Ruhe bei denen, die wir lieben und schaffen Orte der Ruhe in uns für jene, die uns lieben."*

Die Freundin wird mir fehlen, wenn ich mich für meinen Herbsturlaub alleine in die vollkommene Stille verabschiede, aber es ist ein gutes Gefühl, dass sie mit einer vergleichbaren Unaufdringlichkeit, Anmut und Tiefe auf mich warten wird, wie der Wald, in den ich mich flüchte.

Besitz

Es ist eine der Nächte, in denen die Natur dem Menschen zeigt, dass sie ihm überlegen ist. Und zwar immer.

Der erste Herbststurm hat die Insel erfasst, obwohl es bis zum meteorologischen Herbstanfang noch ein paar Tage hin ist. Den ganzen Tag lang peitschten Wind und Regen durch die Straßen; das Wasser sammelte sich in zitternden Pfützen vom Ausmaß mittlerer Gartenteiche.

Und nun ist die Nacht hereingebrochen. Angesichts des Tobens, Donnern und Heulens der Naturgewalten vor der

Tür sollte man eigentlich nicht mehr das Haus verlassen, aber ich wollte der Freundin den Weg zu mir nicht zumuten — also wage ich mich noch kurz vor Mitternacht hinaus.

Die Dunkelheit verschluckt alles. Zwar habe ich eine Taschenlampe bei mir, aber deren winziger Lichtkegel dient eher dazu, dass mich andere Leute sehen; weniger dazu, dass ich etwas sehe. Auch der Mond nützt mir heute nichts, denn er hängt als schmutziggelbe, schiefe und schmale Sichel zwischen den dunklen Wolkenbergen. Der Wind ist brutal, und ich muss genau gegen ihn anmarschieren. Die Brille wird mir ins Gesicht gedrückt, Tränen laufen, ich komme kaum vorwärts; auch das Luftholen fällt schwer. Dazu das Toben und Brausen in meinen Ohren. Bäume und Sträucher entlang des Weges — sonst vertraut und von pittoresker Harmlosigkeit — umringen mich als bedrohliche, tiefschwarze Gestalten; der Wind lässt die Schatten ihrer Zweige wie Tentakel nach allem fingern, was sich nähert. Obwohl ich sonst die Nächte liebe, wird mir jetzt unheimlich zumute, und ich reiße mir trotz des Regens Kapuze und Mütze vom Kopf, um wenigstens noch irgendetwas hören zu können außer dem Sturm und dem flatternden Stoff an meinen Ohren. Mir wird bewusst, wie hilflos der Mensch wird, wenn man ihm auch nur zwei seiner Sinne zur Orientierung raubt; hier: Das Sehen und Hören. Der Weg zum Haus meiner Freundin erscheint mir ewig, obwohl es unter normalen Wetterbedingungen kaum

5 Minuten zu Fuß sind. Als ich mich gegen die Böen stemme und dabei immer wieder zur Seite und rückwärts gedrückt werde, bin ich doppelt froh, sie nicht hinausgejagt zu haben bei diesem Wetter, und es beruhigt mich, ihre Fenster von Weitem schon friedlich leuchten zu sehen. Sie sitzt mit einem Buch bei Kerzenlicht und Tee, als ich atemlos hineinpoltere, nach gefühlter Endlosexpedition durch unwirtlichste Welten.

Am nächsten Morgen ist der Spätsommer in aller Pracht zurück. Nur noch ein paar abgerissene Zweige und Pfützenreste erinnern an den Tumult der Nacht; den leuchtend blauen Himmel zieren persilweiße Schönwetterwölkchen. Auch der Wind ist nur noch ein Lüftchen.

Die Freundin ist längst bei der Arbeit, und ich nutze den noch stillen Morgen für einen Ausflug zum Strand. Die Luft ist von herrlich-kühler Frische; Wolken spiegeln sich im Flutsaum, in dem unbeweglich Möwen dösen. Im Priel liegt ein Ast. Drumherum ist absolut nichts. Nicht einmal die See ist noch nennenswert aufgewühlt; sie legt ihre Wellen mit beruhigendem Rauschen ans Ufer. Ich setze mich auf eine verwaiste Schaukel und freue mich über das Wiedersehen mit einer fast verloren geglaubten Liebe. Denn das hier, denke ich, ist das Langeoog, für das ich herzog. Das ist die Insel, in der ich mich spiegele wie der Himmel im Priel, und wo mein Herz sich täglich freischwimmt. Das überlaufene, laute Langeoog des Hochsommers dagegen wird mir zunehmend fremd.

In irgendwelchen Langeoog-Fan-Foren schreiben euphorische Urlaubende oft von „ihrer" Insel: Unser Langeoog, unser Strand, unser Meer. „Bald bin ich wieder auf meiner Insel."

Nicht immer behagt mir der Gebrauch dieser Possessivpronomina, weil unter kritischer Betrachtung auch etwas Kolonialistisches dabei mitschwingt, und ich selbst spreche eigentlich nie von „mein" Langeoog, obwohl ich hier dauerhaft lebe. Aber die Insel gehört mir nicht; auch nicht den Ur-Insulanern, die hier geboren wurden; nicht der Wittmunder Kreisverwaltung, nicht dem Land Niedersachsen, Frau Dr. Merkel oder sonst irgendwem. Langeoog gehört Gott oder maximal sich selbst, und wir haben lediglich die Gnade, hier wohnen und das Eiland bewirtschaften zu dürfen; für immer oder auf Zeit. Und dass uns die Insel nicht gehört, zeigt uns jede Sturmflut, jeder Orkan und überhaupt jede Naturgewalt, die uns mit Leichtigkeit von diesem Fleckchen Erde kegeln könnte.

Angesichts des galoppierenden Größenwahns in der Gesellschaft (im Großen wie im Kleinen) finde ich es im Übrigen auch nicht verkehrt, ab und zu mal wieder an die eigene Winzigkeit unter dem Himmelszelt erinnert zu werden.

Aber auch wenn ich den Ausdruck nicht mag, so frage ich mich, auf der Schaukel sitzend, jetzt doch: Was ist eigentlich „mein" Langeoog?

Die permanenten Spannungskopfschmerzen der wuseligen

Hochsaisontage verfliegen, als ich meinen Blick über die unberührte, blaue Weite schweifen lasse. Es sind nur wenige Menschen unterwegs; viele allein, einige Paare. Die lärmenden Gruppen sind fort, kein Menschenlaut übertönt mehr die Brandung und das Rufen der Seevögel; die wenigen leisen Gespräche der anderen verweben sich mit der Musik der Natur zu einem harmonischen Grundrauschen.

Es ist kühl genug, um wieder meine geliebten Stricksachen tragen zu können, aber nicht so kalt, das man unterwegs friert. Und nachts kann man sich wieder ein Nest aus kuscheligen Daunendecken bauen; bezogen mit duftendem Leinen oder weichem Flanell, anstatt unter irgendeinem dünnen Laken zu schwitzen. Zum Einschlafen prasselt sanfter Spätsommerregen ans Fenster und morgens weht ein kühler, salziger Duft nach Herbst vom Meer hinein, während Spatzen in Pfützen baden und Finken in fröhlichen Scharen aus den Erlen stieben. Aus den Dünentälern, die jetzt das leuchtende Rotorange von Vogelbeeren und Hagebutten ziert, das satte Grün der Moose und das tiefe Violett der Krähenbeeren, steigt Nebel. Die zunehmenden Temperaturunterschiede zwischen den einzelnen Luftschichten zaubern beeindruckende Quellwolkengebirge; und schon bald badet die Sonne, die jetzt noch wärmt, aber nicht mehr verbrennt, die ganze Landschaft in Gold.

Und das, denke ich, ist dann wohl meine Antwort. Diese friedlichen Spätsommer- und frühen Herbsttage, wenn der Massentourismus ein Ende nimmt und die Natur sich wieder auf ihren berechtigten Thron setzt; wenn man am Strand allein sein kann und wieder eins wird mit der Insel, mit all ihren Gerüchen, Farben und Wundern: Diese Tage zeigen wohl am ehesten „mein" Langeoog. Ein Langeoog, das ich aber trotzdem nie besitzen möchte, weil es — wie auch wir Menschen — in Freiheit, mit dem nötigen Respekt und aus gesunder Distanz betrachtet — noch immer am Schönsten ist.

Anreise

Der Eifelexpress ist ungefähr so „express" wie der rasende Roland auf Rügen rast, also: gar nicht. Mit enervierender Langsamkeit schiebt sich der Zug seit meinem Zustieg in Euskirchen durch trostlose Industriegebiete und irgendwas mit Landschaft. Ich bin zu diesem Zeitpunkt schon 5 Stunden unterwegs und habe das gesamte Repertoire an Bahnversagen durch, zu dem dieser Konzern fähig ist — zu meiner Laune schweige ich dementsprechend lieber. Das Dauergeschnatter Mitreisender und die Beschallung mit diversen Serien, YouTube-Videos und Telefonaten, die sich weitere Passagiere via Smartphone (und ohne Kopfhörer) zu Gemüte führen, zerrt zusätzlich an den Nerven. Ich versuche, die Reizüberflutung mit stillen Entspannungsübungen zu bekämpfen, und tatsächlich lassen mich diese

Übungen, in Tateinheit mit rein physischer Übermüdung, sogar irgendwann einschlafen.

Als ich aufwache, hat sich die Gegend verändert. Mitreisende sind kaum noch da, und vor dem Fenster türmen sich dicht und dunkel bewaldete Berge. Ich schrecke hoch; in heller Panik, mein Ziel verpasst zu haben. Aber ich habe Glück: Laut Uhr und DB-App sind es noch 20 Minuten bis St.Thomas. An den Bahnhöfen, deren Namen teils länger sind als die Orte, wird längst nur noch bei Bedarf gehalten. Vor meiner Wunschdestination kommt irgendetwas mit Doppelnamen; danach kommt der Zug quietschend am Zielort zum Stehen. Die graue Regenwand der letzten Tage hat sich verflüchtigt. Pünktlich mit meiner Ankunft bricht Sonnenlicht durch die Baumkronen und lässt das Wasser der Kyll glitzern. Kirche und Klostergebäude warten gleich hinter dem Bahnhof wie alte Freunde.

Ich war nie hier, aber ich habe sie augenblicklich lieb. Und die Gegend ist mittlerweile atemberaubend: Wald, Wald, Wald — Das einzige, was mir auf Langeoog schmerzlich fehlt, und von dem ich deshalb im Urlaub gar nicht genug bekommen kann.

Der Mensch, der mich begrüßt, hat klare blaue Augen über seiner Maske und wirkt ruhig und freundlich. Er erklärt alles schnörkellos, dann bin ich im Zimmer. Durch das weiße Sprossenfenster mit den zartgelben Vorhängen sehe ich direkt in den Klostergarten; irgendjemand macht sich dort mit Leiter und Astschere an Obstbäumen zu schaffen. Der Rasen ist leuchtend grün, von nahezu englischer Schönheit, und wird von einer alten Steinmauer gesäumt. Dahinter ragen riesige Fichten in den mittlerweile leuchtend blauen Himmel, ich höre den Fluss rauschen und ansonsten: Nichts.

Ich bin fürs Erste überwältigt. Danke, Gott, denke ich. Und Dank an den lieben Priester, der mir dieses Exerzitienhaus empfahl. Es fühlt sich gut an.

Ich weiß, dass nun der Moment zum Loslassen und Entschleunigen gekommen ist. Also packe ich das Smartphone in den Schrank und schalte den mobilen Datenempfang aus: Es gibt sowieso kaum Netz. Für eine SMS an die Liebste und meinen Vater halte ich das Gerät aus dem Fenster für wenigstens einen Balken E: „Bin da. Superschön hier. Bis dann."

Das Telefon herunterzufahren habe ich bald darauf geschafft. Mich selbst in den Ruhezustand zu versetzen ist schwieriger. Zwar bin ich körperlich nach wie vor todmüde, aber mein Hirn, mein Geist tun das, woran der Eifelexpress krachend scheiterte: Sie rasen.

Stille, sage ich mir. Ankommen. Ruhe. Aber ich wusele dennoch erst einmal hier und da, entpacke und arrangiere, erkunde das Haus, dusche, ziehe mich um — und stelle fest, wieviel Zeit man plötzlich hat, so ohne Smartphone. Noch immer sind es 1,5 Stunden bis zum ersten Treffen

mit der Gruppe und dem offiziellen Start des Exerzitien-
programms.

Zeit für den Garten. Als ich hinaustrete, duftet die Luft
nach Lavendel und Rosen, nach reifem Obst und frisch
geschnittenem Gras. Und tatsächlich finde ich auch all das
vor. Über einer flechtenverzierten Steinbank hängen oran-
ge leuchtende Zieräpfel; dahinter ein schön gewachsener
Baum mit rotbackigem Boskop, daneben Birnen. Als ich
die großen, reifen Birnen bewundere, deren Zweige über
die uralte Steineinfriedung des Gartens hängen, huscht eine
kleine Eidechse in ein Mauerloch, vor dem sie sich gerade
gesonnt hatte. Ich kann mir einen Laut der Begeisterung
nicht verkneifen. Eine Eidechse hatte ich zuletzt als Kind
irgendwo gesehen; vielleicht im Sauerland, ich weiß es
nicht mehr. Hinter dem Garten sind kleine Teiche, die ein
plätschernder Zulauf speist. Eine Kapelle lobt die Gottesmutter: *Ave maris stella* — Ein bisschen Meer ist wohl
überall. Ein hölzernes Tor führt auf einen Waldlehrpfad,
den ich mir sehr groß auf die To-do-Liste setze. Mein erster Blick hinein durchstreift eine geheimnisvolle Schlucht
mit hölzernen Brücken und einem Bach, ringsum erhebt
sich majestätisch der Wald; sonnendurchflutetes Weideland
schmiegt sich an seinen Rand.
Auch in der Kirche fühle ich mich sofort wohl: Ein Seitenaltar ist dem heiligen Bernhard von Clairvaux gewidmet
und ich denke voller Liebe an „meine" Zisterzienser, für
die ich hier gewiss beten werde. Der heilige Bernhard steht

hier auch nicht zufällig, denn tatsächlich siedelten in St.-Thomas vor vielen Jahrhunderten Zisterzienserinnen. Auch eine Art Besserungsanstalt für straffällig gewordene Priester war einst an diesem Ort, Demeritenhaus genannt — über diesen Teil der Geschichte (und die damit verwobenen Biografien) denke ich aber vorerst lieber nicht nach.

An der Wand links vom heiligen Bernhard stehen — aus Holz gefertigt — gleich zwei Männer mit Kind im Arm: Der heilige Josef und der heilige Antonius, jeweils mit dem Jesusknaben. Mir gefällt diese Darstellung väterlicher und brüderlicher Zuneigung, und so komprimiert habe ich sie auch noch nirgends sonst vorgefunden. *Maria mit dem Kinde lieb* gibt es aber ebenfalls zur Genüge.

Nach der obligatorischen Kennenlernrunde endet die erste Gruppenzusammenkunft mit dem Satz: „Ab jetzt gilt durchgehendes Schweigen". Das Schlusslied, mit dem wir ins Schweigen entlassen werden, könnte nicht besser zur Umgebung passen: *„Der Mond ist aufgegangen ... "*

Mittlerweile ist er das auch wirklich; der Mond leuchtet mit sanftem Schein über dem Klostergarten und zieht seine Silberspur über die gepflegten Rasenflächen. *„Der Wald steht schwarz und schweiget ... "*

Ankommen

Ich erwache im ersten Licht der Dämmerung, in etwa zeitgleich mit den Hähnen im Dorf. Fledermäuse schießen durch das Morgenrot; ein breites Nebelband webt sich durch die Wälder. Auch über dem Klostergarten liegt Dunst, und die Dächer leuchten hell unter einer dünnen Schicht Raureif. Der Herbst naht sichtlich, und doch verspricht der Tag, erneut warm zu werden.

In der Gruppenrunde gibt es wieder ein Lied und ein paar Instruktionen zum Tage, danach ist Begleitgespräch. Der Pfarrer ist nett und nimmt sich Zeit, er strahlt — wie alles hier — Ruhe aus. Ich beginne von den Wendepunkten des Jahres zu erzählen, vom Schönen und Herausfordernden, vom Konflikt zwischen Liebe und Lehramt.

Als Betrachtungsimpuls wird mir eine Bibelstelle über Abraham nahegelegt. Es ist ewig her, dass ich mich mit dem Alten Testament beschäftigt habe: Schließlich finden sich dort genügend Bibelstellen, die in mir ein gewisses Unbehagen auslösen: All dieser Inzest und die Brutalität, dazu die Unmengen an Namen, Ortsbezeichnungen und Anspielungen, die sich einem ohne theologische Bildung, Wissen über altorientalistische Erzählmethoden und Hebräisch-Kenntnisse wohl kaum erschließen.

Die mir nahegelegte Stelle ist zum Glück verhältnismäßig harmlos, und tatsächlich kann ich auch etwas damit anfangen.

Leider begehe ich den Fehler, auch die Kapitel davor und danach zu lesen, und da ist es dann wieder: Inzest, Mord, Gotteszorn und Frauen als persönlicher Besitz.

Reicht jetzt mit AT, denke ich nach einer Weile, und greife zur Erholung nach mitgebrachter, zeitgenössischer Urlaubslektüre: Das neue Buch des Hildesheimer Bischofs. Dass der Mann toll schreiben kann, weiß ich aus früheren Werken; laienverständlich obendrein. Außerdem spricht er Plattdüütsch, liebt Ostfriesentee (wie das Buch im Klappentext verrät) und ist — *„das wird man jawohl noch sagen dürfen"* — außerdem der hübscheste Bischof, den wir in Deutschland haben. Für meinen Geschmack auf jeden Fall, und das Autorenfoto untermauert diese Theorie einmal mehr aufs, nunja: Schönste.

In neugieriger Vorfreude blättere ich auf gut Glück hinein und gerate in ein Kapitel, das von einem Streitgespräch in einem Café handelt. Das Sujet ist, ich mag es kaum glauben — die Geschichte von Abraham. Als ich die Seite umblättere, ist sogar exakt dieselbe Bibelstelle im Buch vom Bischof abgedruckt, die mir der Exerzitienbegleiter keine Stunde zuvor zur Betrachtung empfahl. Ich bin ebenso verwundert wie begeistert über diesen Zufall und nehme mir fest vor, dem Begleiter davon zu erzählen.

Und zu meiner Beruhigung erfahre ich aus dem Bischofs-Buch, dass es auch theologisch gebildete Menschen gibt, die mit Teilen des AT hadern.

Es wird Zeit für frische Luft. Wider Erwarten hat es zu regnen begonnen, aber mich hält angesichts all der bewaldeten Pracht vor meinem Fenster nichts mehr im Haus. Ich laufe zur nächsten Kyllbrücke, quere den Fluss und mache mich an den Aufstieg zum Wald. Dort lässt der Regen so plötzlich nach, wie er gekommen ist. Sonne bricht durch das duftende Nadeldach. Bald bin ich von riesigen schlanken Fichten umgeben, die aus gefährlich steilen Hängen ragen. Der Boden unter mir ist weich wie ein Luxusteppich; aus allen Ecken sprießt frisches Grün und das Sonnenlicht malt Muster mit den Zweigen. Kleine, mir unbekannte Vögelchen sausen zwischen den Ästen umher. Zuhause hätte ich sie vermutlich sofort gegoogled, aber hier bin ich ohne Internet und Kamera unterwegs, daher muss ich mich auf zwei Dinge beschränken: Anschauen und genießen. Schließlich ist auch das ein Grund, warum ich diese Art von Urlaub mache — *Digital Detox*, wie es so schön neudeutsch heißt. Zum einen, um Augen und Rücken zu schonen und um auch die anderen Sinne wieder mehr zu beschäftigen; zum anderen, um vor schlechten Nachrichten gefeit zu sein: *No news are good news.*

Bald kann ich das Kloster aus einiger Entfernung und von oben bewundern: Ich habe, beihnahe ohne es zu merken, quasi waldtrunken, eine ordentlich Strecke bewältigt.
Für den Rückweg orientiere ich mich am Rauschen der Kyll irgendwo unter mir.

Der Platz neben dem plätschernden Brunnen, unweit der flechtenbewachsenen alten Steinbank mit dem Zierapfelbaum, den ich mir gestern zum zukünftigen Lieblingsplatz erkoren hatte, ist leider belegt. Also muss ich den Spaziergang woanders ausklingen lassen. Ich entscheide mich für den Garten. Nachdem ich mich an farbenprächtigen Dahlien vorbeigeschlängelt habe, erreiche ich das Sonnenblumenbeet. Ein Schwarm Finken, der sich an den Kernen gelabt hatte, stiebt auf. Auch in den alten Obstbäumen sitzen zahlreiche Vögel. Wespen und andere Insekten machen sich über das Fallobst her, sogar eine riesige Hornisse entdecke ich. Ein großer Schmetterling breitet seine samtigen Flügel in der Sonne aus. Das Obst wirkt verführerisch, und so schraube ich nach einigem Zögern eine reif aussehende Birne vom Baum. Ich kann mich nicht erinnern, wann ich zuletzt Obst frisch vom Baum gegessen habe. Es schmeckt fabelhaft.

Ich weiß nicht, ob man das Obst im Klostergarten ernten darf; Körbeweise wohl eher nicht. Und natürlich möchte ich nichts stehlen, gehe aber davon aus, dass gegen die Entnahme eines einzigen Stücks zum Sofortverzehr wohl niemand etwas haben wird. Wäre es mein Birnbaum: Ich hätte es nicht.

Zu meiner Beruhigung beobachte ich wenig später vom Fenster aus, wie eine Mitexerzierende sich ebenfalls etwas pflückt. Das Schöpfungswunder einer reifen, saftigen und süßen Frucht lernt man auf diese Weise jedenfalls deutlich mehr zu schätzen als bei der Entnahme im Supermarkt, denke ich. Und hoffe, dass man mir den Mundraub verzeiht.

Müde

Am nächsten Tag ist das Wetter atemberaubend schön. Das Herz verlangt nach endlosen Waldspaziergängen. Aber Körper und Pfarrer sagen „Nein". Ersterer, weil sich mit Einsetzen der seelischen Entspannung das Schlafdefizit der letzten Monate geradezu brachial bemerkbar macht; Letzterer, weil ich auch das stille Verweilen üben soll.

Dafür soll ich verschiedene Orte testen: Die Andachtsräume, die Kirche, den ehemaligen Nonnenchor, die Kapelle am Waldrand, einen Platz in der Natur — und dort bleiben, wo mir am Ehesten ein inneres Ankommen, ein Verbindungsaufbau zu Gott, gelingt. Ein Funksignal fürs Mobiltelefon zu finden, ist hier, mitten im Wald, ja bereits so gut wie unmöglich. Und der liebe Gott macht es mir nicht unbedingt einfacher. Instinktiv zieht es mich wieder zum heiligen Bernhard, aber zuvor gebe ich den anderen Orten eine Chance: Brücke am Bach. Mauer im Garten. Bank am Brunnen, Baumstamm im Wald. Es nützt nichts: Sobald ich mich entspanne und innerlich ruhig werde, schlafe ich ein. Im Sitzen. Die Exerzitienbegleiterin erzählte tags zuvor irgendwas über das Aufsteigen „innerer Bilder", die man kontemplativ betrachten soll. Aber das einzige Bild, das ich sehe, wenn ich die Augen schließe, ist mein Schlafanzug und das Bett. Dennoch versuche ich, das Desaster positiv zu sehen; schließlich ist Schlaflosigkeit ansonsten meine ständige Begleitung, selbst unter perfekten Bedingungen: — Duftende Bettwäsche, absolute Stille oder höchstens sanfter Regen am Fenster, ein wenig Mondschein und eine weiche Frau im Arm — an vielen Tagen hilft nichts davon.

Vielleicht möchte Gott ja auch nur, dass ich endlich mal schlafe?, frage ich mich. Aber das wäre wohl zu einfach. Zwar glaube ich nicht, dass bei gelungener innerer Versenkung immer irgendwas Spektakuläres passiert, aber zumindest wachbleiben können sollte man doch.

Der einzige Trost ist mir, dass ich bei früheren Klosteraufenthalten sogar schon ausgewachsene Mönche im Chorgestühl einnicken sah.

Mit dieser Erinnerung fällt mir der Gründer des Zisterzienserordens wieder ein und ich mache mich auf zum heiligen Bernhard. Die Bank vor dem Seitenaltar, der Bernhard von Clairvaux geweiht ist, soll für heute der letzte Ort eines Kontemplationsversuchs sein. Nichts mehr erwartend, knie mich davor und sehe dem Heiligen zu, wie er den Gekreuzigten umarmt. Schräg hinter mir hält der heilige Antonius das Jesuskind in nahezu mütterlicher Umarmung fest. Daneben zeigt der heilige Josef seinem Sohn die Welt, obwohl dieser sie längst in Händen hält.

In Gegenwart von soviel Geborgenheit kann ich dann gar nicht mehr anders, als mich instinktiv wohl zu fühlen: Gehalten von Gott, so wie die Heiligen wiederum Gott halten. Nach ein paar auswendiggelernten Gebeten verziehen sich meine bewussten Gedanken wie Wolken am Himmel. Ich spüre ein heilsames Leerwerden. Auch das ist eine Art Wegdämmern, aber ohne bleierne Müdigkeit. Am Einschlafen würde mich hier vermutlich schon das Knien hindern. Ich denke an nichts mehr, es kommen aber auch keine Bilder und natürlich spricht auch niemand zu mir. Aber ich fühle, dass sich in mir eine heilsame Wärme ausbreitet. Ein Gefühl, dass alle Scherben des Lebens sich zusammenfügen und das Chaos sich ordnet. Ein Gefühl von „alles ist gut so." Und ein Gefühl von „Ich liebe Dich".

Gartentor

„Der Garten erinnert mich an Dich", schreibe ich der Freundin, „Alles daran und darin ist schön". Und so meine ich das auch. Denn wie bei vielen Dingen, weiß man wohl erst, wieviel einem jemand bedeutet, wenn man eine Weile auf diesen Menschen verzichten muss. Verzichten wollte, in meinem Falle, denn ich fuhr schließlich freiwillig in den Wald. Zuviele Dinge hatte ich noch mit mir selbst zu klären. Und mit Gott. Die Freundin hatte dafür Verständnis und ließ mich ohne Vorwürfe ziehen — auch dafür liebe ich sie. Doch auch der Vergleich mit dem Garten ist wahr. Denn so, wie hier das ganze Jahr über die Blumen und Früchte reiften, gelangte auch unsere Verbindung in den letzten Wochen und Monaten zur Blüte, sofern man diesen vorsichtigen Schluss nach einem halben Jahr schon ziehen darf. Aber wir sind ja keine Kinder mehr; wir haben unsere Narben und Erfahrungen und wissen, was sich falsch an-fühlt. Das mit uns fühlt sich richtig an. Und ich vertraue ihr, soweit mein ramponiertes Herz das zulässt. An ihrer Liebe schätze ich, was ich auch an Gottes Liebe mag: Sie gibt Geborgenheit, aber sie erdrückt nicht. Es ist Liebe in Freiheit.

Es ist gut, dass wir jetzt getrennt sind, denke ich, räumlich getrennt natürlich nur. Denn nur so kann ich für mich her-ausfinden, wieviel mir dieser Mensch wirklich bedeutet. Meine Beziehung zu Gott möchte ich darüber nicht ver-nachlässigen, soviel ist klar. Schließlich ist die eine Bezie-hung ohne die andere undenkbar, denn wer, wenn nicht ER, ist der Ursprung aller Liebe? Ich weiß auch, dass es mir gut ging mit dem Gedanken an eine lebenslange Ganz-hingabe an Gott, an ein freiwillig zölibatäres Dasein — selbst wenn mir aus bestimmten Gründen kein Weiheamt und kein Ordenseintritt und damit auch keine spirituelle „Alternativ-Ehe" möglich ist. Ich habe nie aktiv nach je-mandem gesucht. Und das Alleinsein ertrage ich nicht nur, sondern ich brauche es sogar. Auch jetzt noch.

Und dennoch stand in diesem Jahr, als ich das Thema für mich eigentlich schon beendet hatte, dann plötzlich ganz weltlich die Liebe vor der Tür. Eigentlich stand sie dort schon zwei Jahre, wie mir die Freundin verriet — nur hatte ich sie nicht sehen wollen.

Nun aber darf ich mir ihre Seelenlandschaft in ihrer ganzen Schönheit täglich neu erschließen, und ich freue mich auf alles, was dort noch wachsen und gedeihen wird.

Porta patet, cor magis: Bei diesem Leitspruch der Zisterzienser denke ich nun auch an ein Gartentor.

Sprudelnd

Das Glück ist heute ein Bach. Aufgeregt halte ich die nackten Füße in das kristallklare, sprudelnde Wasser, das deutlich kälter ist, als ich erwartet hatte. Wie lange hatte ich dieses kindliche Vergnügen wohl nicht mehr erlebt, dieses Fest an Sinnesfreuden, das einem ein schlichtes Fußbad in einem klaren Waldbach bieten kann? Die moosige Kühle der glatten Steine, der Duft nach Erdreich und Vegetation und über all dem die erfrischende Klarheit reinen, lebendigen Wassers. Die niedrige Holzbrücke, auf der ich dabei sitze und über deren Rand meine Beine hängen, ist warm. Über das vermoderte Laub am Bachufer sehe ich winzige braune Fröschlein hüpfen. Ebenso hüpft mein Herz vor Freude in diesem Moment. Meinen Platz am Bach überschatet eine gewaltige Zeder. Auf dem Gras darunter tanzen Sonnenflecken; über mir und den Wipfeln des Waldes ist nichts als strahlendes Blau.

Dabei war der Tag durchwachsen; nach einem wundervollen Morgenspaziergang zwangen mich plötzliche Kopfschmerzen zur Ruhe, die sich erst besserten, als ich in der Geborgenheit der halbdunklen Kirche vor dem Bernardi-Altar kniete. Ich hatte kein Anliegen an diesem Tag, denn bis auf die Kopfschmerzen ging es mir ja gut. Dennoch wollte ich da sein. Einfach, um Zeit dort zu verbringen. Ein wenig fühlte ich mich, um kurz in die Trivia der Popkultur abzuschweifen, an einen Roxette-Song erinnert, in dem es heißt:

„I call you up
But I don't know what to tell you
I leave a kiss on your answering machine"

Es passierte auch nichts weiter vor diesem Seitenaltar, aber mich überkam erneut ein Gefühl tiefen Friedens. Der heilige Antonius in meinem Rücken, der heilige Josef zu meiner Linken, der heilige Bernhard vor mir — in dieser Gesellschaft konnte man sich ja nur wohlfühlen. Es tat gut, dort zu sein. Und das Kopfweh verschwand.

Nun will ich aber nicht von Wundern fabulieren, denn wahrscheinlich liefert die pollenarme Luft in der Kirche und das wohltuende Halbdunkel bereits die medizinische

Erklärung für die spontane Besserung, aber an die Heilwirkung des Gebets und der kontemplativen Versenkung glaube ich auch — oder zumindest an die Heilwirkung des Glaubens daran.

Ich gewann die Kirchenecke beim heiligen Bernhard dadurch allerdings umso lieber und suchte ihn noch mehrmals an diesem Tage auf; tags zuvor hatte ich ihn sogar in der Nacht besucht, auch wenn das — zugegeben — wohl anfangs mehr eine Mutprobe war.

Ich war nämlich noch nie nachts allein in einer Kirche gewesen und beim Gedanken daran, die Kirche vom Haupthaus aus durch die Krypta zu betreten, uralte Gräber zu Füßen, wurde mir schon etwas mulmig. Aber was sollten mir seit Jahrhunderten tote Äbtissinnen schon tun? Außerdem war ja auch eine Darstellung der Gottesmutter in der Krypta, und beim Ewigen Licht wartete der HERR.

Tatsächlich wurde der Weg durch das mittelalterliche Gewölbe der Krypta auch nicht schlimm, aber als ich das dunkle Mittelschiff der Kirche erreichte — der Altar nur mithilfe des rot flackernden Ewigen Lichts erkennbar — knackte es plötzlich im Gebälk. Natürlich erschrak ich und verfluchte jeden Grusel- und Exorzistenfilm, den ich jemals gesehen hatte. Aber als sich im Seitenschiff (nach gefühlter Ewigkeit) endlich die Konturen von Antonius und Josef abzeichneten und auch der weiße Chormantel des heiligen Bernhard mir entgegenleuchtete, wurde ich augenblicklich ruhig. Jetzt war die Dunkelheit kein Feind mehr, sondern Schutzraum. Ich kniete mich in die Bank und fühlte mich geborgen bei Freunden.

Jetzt, am Bach, in gleißendem Sonnenlicht, denke ich über all das Erlebte nach und lächele. Langeoog ist hier weit weg.
Natürlich vermisse ich das Meer. Und natürlich vermisse ich meine Freundin. Aber jetzt ist noch Zeit für eine Pause. Jetzt ist Zeit für sprudelndes Wasser, sprudelnde Freude und ein überschäumendes Herz. Ich bin hier glücklich.

Empfang

Ein einsamer Krähenlaut dringt durch die hereinbrechende Nacht. Ich sehe den Vogel, als ich den Kopf zum Himmel hebe. Er fliegt in Richtung Waldrand, wo sich die Wipfel der Fichten schwarz im Dämmerlicht abzeichnen.
Vom Rande des Klostergartens her rauscht der Bach. Grillen zirpen.
Im Haus ist Ruhe eingekehrt; die letzte Messe ist verklungen und die Menschen bereiten sich auf den Schlaf vor. Ich aber möchte mich noch vom heiligen Bernhard verabschieden und suche ein letztes Mal die Kirche auf. Heute leuchten nicht einmal mehr Kerzen, als ich das dunkle Gotteshaus durch die Krypta betrete. Aber ich finde den Weg

zum Bernardi-Altar auch so — dem weißen Gewand der Heiligenfigur sei Dank.

Der heilige Bernhard auf dem Altarrelief ist nicht besonders detailreich gearbeitet; mit seinen runden, rosig gepinselten Pausbäckchen und den kleinen, zum Gebet erhobenen Händchen hat die Darstellung etwas Puppenhaftes, wenn nicht gar Niedliches an sich. Man hat den Heiligen auf diesem Relief wohl instinktiv lieb — obwohl mir durchaus bewusst ist, dass ich dort auch einen der glühendsten Verfechter der Kreuzzüge vor mir habe. Kein Licht ohne Schatten; das gilt auch für Heilige. Und natürlich lebte er zu einer Zeit mit einem „leicht" anderen Verständnis von Völkerrecht als wir es heutzutage pflegen. Im Hier und Jetzt verhilft mir die Fürsprache des Heiligen Bernhard aber zu neuem innerem Frieden.

Denn der Geruch nach uralten Steinen und Kerzen sowie das liebe, rundliche Antlitz der Heiligenfigur beruhigen mich mit wunderbarer Zuverlässigkeit.

Hier gebe ich den Tag mit all seinen Erlebnissen und Emotionen zurück in Gottes Hand.

Bereits am Morgen war es noch einmal sehr heiß geworden. Über der Landschaft lag die süßliche Schwere eines intensiven Geruchs nach Fallobst, durchmischt von frischem Grasschnitt. Über Vielerlei nachdenkend, wanderte ich Richtung Wald. Mit jedem Meter wich der penetrante Obstgeruch den Aromen von Harz und Nadelholz, von kühlem Erdreich und dem klaren Wasser der Kyll, die beharrlich wie eine treue Freundin längs des Wanderweges rauschte.

Irgendwann hatte ich einen ordentlichen Anstieg bewältigt; das Tal breitete sich unter mir mit abgeernteten Feldern, gemähten Wiesen und immer wieder kleinen versprengten Inseln von Obstbäumen, deren Äste sich unter den schweren Früchten bogen. Ab und zu ein Haus; am Feldrand ein Ansitz. Dazwischen die Gleise des Eifelexpress.

Ich zückte mein Mobiltelefon, um ein Foto zu machen und erschrak über den Eingang von 47 Nachrichten. Im Ort, zu dem das Kloster gehört, ist keinerlei Empfang; maximal für eine altmodische SMS reicht es. Was einerseits gut ist; denn schließlich sollen dort ja alle Antennen auf GOTT gerichtet sein. Andererseits ist es für jemanden, der sich doch einer gewissen Internetsucht schämen muss, eine große Umstellung. Dort auf der Anhöhe schien es jedenfalls etwas Netz zu geben und natürlich trieb mich die Neugier zur Sichtung der Nachrichten und zum Versand eigener Depeschen. Letztlich waren von 47 Mails aber 46 problemlos delegierbar, und ich dachte über meine bisherige Priorisierung von Angelegenheiten nach. Und auch darüber, welchen Sinn eine ständige Erreichbarkeit denn wirklich hatte. Ich verzichtete darauf, auch noch nachzuschauen, was derweil in der Welt passiert war, steckte das Gerät in die Tasche und ging weiter. Als ich das nächste Waldstück erreichte, brach der Empfang ohnehin wieder zusammen. Inzwischen hatte sich die Sonne durch Wolken und Wipfel gezwängt, es wurde zunehmend wärmer und stickiger. Die Fichten erreichten in diesem Areal eine nahezu furchteinflößende Höhe; ebenso wie die Steilheit der Abgründe. Ich wusste: Wenn ich dort stürzte, wäre ich tot. Und wenn einer dieser Baumriesen auf mich stürzte, auch. Menschen begegnete ich auf der 5 Kilometer langen Strecke keinen — mit Ausnahme zweier Forstarbeiter. Ihre Anwesenheit beruhigte mich, denn sie sorgten mit dem gezielten Holzschlag vermutlich nicht nur für die Wirtschaft in der Region, sondern auch für die Sicherheit wandernder, waldfremder Touristen. Nach dem Passieren der Waldbaustelle wurde es vollkommen einsam um mich. Vor mir der Weg. Rechts Wald und Steilhang, Links Wald und Steilhang. Die Kyll und die Gleise lagen irgendwo ganz weit unten; zur halben Stunde hörte ich den Zug rattern.

Ab und zu wühlte ein Tier im Unterholz; es trippelte, knackte und schnaufte. Bäume in Schräglage ächzten und stöhnten. Ich sah auf mein Telefon: Keinerlei Netz.

Obwohl der Waldweg eine Art Sonnentunnel bildete, war die gewaltige Ansammlung von Bäumen um mich schon nach wenigen Metern erschreckend finster. Ich war froh, jetzt nicht nach den Stichworten „Wölfe" und „Waldeifel" googeln zu können. Was hätte es auch genützt?

Ich sang ein Marienlied; zumindest die zwei Sätze, die ich daraus auswendig konnte, um die merkwürdigen Tierlaute zu übertönen. Der ganze Wald schien mir plötzlich wie ein einziges, riesiges Lebewesen; ein autarker und atmender Organismus, in dessen gewaltigem, schwarzgrünen Bauch ich lediglich geduldet wurde. Er lehrte mich neuen Respekt.

Angekommen an meinem Ziel — einem benachbartem Örtchen, lief ich zum Bahnhof und nahm den nächsten Eifelexpress zurück. In der Bahn saßen Menschen, die sich in einer für mich fremden Sprache unterhielten. Sie klang wie eine Mischung aus Französisch und Niederländisch; ich vermutete Luxemburgisch. Es war seltsam, aus dem Bauch des Waldes in diese nahezu städtische Erfahrung internationalen Flairs katapultiert zu werden. Aber irgendwo genoss ich es auch.

Herbstanfang

In das Flussrauschen mischt sich der langezogene Schrei eines Waldkauzes auf der Jagd. Hu-huhuhuhu. Hu-huhuhuhu, wieder und wieder. Durch das weiße Sprossenfenster meiner Klosterzelle schimmert der Abendstern. Bis auf die Eule und das Wasser der Kyll ist kein Laut zu vernehmen, nicht einmal Wind geht. Es ist genau die Art von Stille, nach der ich mich in all dem Trubel der letzten Monate gesehnt habe. Ich höre dem Waldkauz ebenso andächtig zu, wie ich etwas früher am Abend einigen Mönchen unter dem Kirchenfenster beim Singen lauschte. Ein warmes Glücksgefühl durchströmt mich; es ist ein perfekter Moment: Jetzt, hier, an diesem Fenster.

Auch die meteorologische Wärme hat nicht nachgelassen; tagsüber ist es unverändert heiß und auch nachts braucht man gerade einmal einen dünnen Pullover.

Und dennoch kam, quasi über Nacht, der Herbst.

Mit einiger Überraschung stellte ich bei der heutigen Wanderung fest, dass sich die Spitzen der wenigen Laubbäume im Wald bunt verfärbt hatten. Auch das Brombeerlaub entlang der Wege nimmt bereits Herbstfarben an. Nur die unzähligen wilden Orchideen erzählen noch vom Sommer.

Auf Langeoog soll es ebenfalls herbstlich geworden sein, schreibt mir die Freundin, und ich frage mich, wo das Jahr geblieben ist. Dieses Jahr, das wohl für niemanden einfach irgendein Jahr gewesen ist. Das Jahr, das alles veränderte; das Nähe nahm und neue Nähe brachte. Das das Verständnis von Höflichkeitsformen und Distanz teils völlig auf den Kopf stellte und uns neue Prioritäten bei unseren Sozialkontakten setzen ließ.

Lediglich die Nähe zu Gott war noch ohne größeren Aufwand zu bewerkstelligen — freilich auch das nur so lange, wie man im stillen Kämmerlein betete und nicht in die Kirche oder gar die Eucharistie empfangen wollte. Aber auch dafür wurden ja letztlich Lösungen gefunden; und zumindest auf Langeoog waren die Leute auch mit genug Disziplin bei der Sache, um größere Ausbrüche von Corona-Infektionen zu verhindern.

Obwohl das Jahr noch 2,5 Monate übrig hat, beginne ich schnell mit dem ersten sichtbaren Herbsttag zu bilanzieren. Eine Unsitte vielleicht, denn auch in 2,5 Monaten kann so ein Jahr noch überraschen. Indes bin ich aber froh, diese Bilanz mit einem gesunden Abstand zu Insel, in der Abgeschiedenheit eines 800jährigen Klosters ziehen zu können; wo ich alles, was schön war, Gott zum Dank hinhalten kann — und alles, was nicht schön war, auch. Gott hält das aus.

Die Turmglocke schlägt 22 Uhr: Für Mönche und die anderen Klosterbewohner längst Zeit zum Schlafen. Die Eule schweigt; vermutlich ist sie satt.

Es ist traurig, dass morgen schon der vorletzte Tag anbricht, denke ich. Ich wäre gern noch geblieben: Hätte den Wald in seinem Herbstkleid angeschaut und die schön gewachsenen Obstbäume mit ihren kunstvoll gewundenen Stämmen und knotigen Zweigen. Aber so geht es mir ja in jedem Urlaub — obwohl ich sicher weiß, dass auch der Inselherbst wunderschön sein kann. Noch aber liegt die Insel in weiter Ferne. Noch bin ich hier.

Bald

Der letzte Exerzitientag bricht an. Hinter mir liegen Stunden intensiver spiritueller Erfahrungen und eindrucksvoller Naturerlebnisse; vor mir liegen ein abschließendes Begleitgespräch und die Beichte. Nun bin ich seit drei Jahren katholisch, und noch immer ist mir das Beichten so angenehm wie ein Besuch beim Zahnarzt. Aber ich weiß, dass es genauso notwendig ist, wenn man sich die Gesundheit der Seele erhalten und diese vor weiterem Verrotten schützen will. Ob man das als Protestant nun mit dem HERRN im Direktgespräch macht oder als Katholik mit dazwischengeschaltetem Priester, ist in puncto Gnade vermutlich ähnlich wirksam: Echte Reue vorausgesetzt. Dennoch schätze ich an dem katholischen Bußsakrament die Erfahrung unmittelbarer Vergebung. Und den Zwang, das Getane laut aussprechen zu müssen, es in Worte zu fassen, sodass es kein diffuses Unrecht bleibt, sondern ein klar umrissenes wird.

„Gehen Sie heute mal mit Jesus spazieren", rät der Exerzitienbegleiter im Anschluss, und streckenweise fühle ich IHN während meines Waldausflugs tatsächlich bei mir. Allerdings scheint auch der heilige Franz von Assisi dem Waldstück nicht fern zu sein, denn so viele wunderschöne Tiere auf einmal habe ich ewig nicht gesehen. Ich genieße jeden Augenblick und jedes Lebewesen: Die Schmetterlinge auf den Blumen und die riesigen Libellen über dem kristallklaren, gekräuselten Wasser des Bachlaufes; die Frösche und Vögel, die schwarzen, glänzenden Käfer, die behäbig über den Weg kriechen. Sogar die Spinnen, deren Netze zwischen den Grashalmen mit funkelnden Tautropfen dekoriert sind, mag ich plötzlich irgendwie.

Doch das irdische Jammertal hat mich bald wieder. Hüften und Knie melden deutlich die überschrittene Lebensmitte und den Wohnort im Flachland. Die anschließenden, fest zum Programm gehörenden „Leibübungen" im Exerzitienhaus verschlimmern die Lage, sodass ich im Anschluss — recht unchristliche Flüche denkend — mit zusammengebissenen Zähnen in meine Zelle humpele.

Dort ist es dann auch erst einmal genug mit Geistlichem. Ich mache mir einen Tee, schütte eine Untertasse voll mit kleinen, känguruförmigen Paprikachips und lese in einem weltlichen Taschenbuch, das erstaunlich gut ist, obwohl ich es — wie die Chips — am Vortag aus der Grabbelkiste des Supermarktes im benachbarten Kyllburg zog. Bald haben mich ja ohnehin sämtliche Trivialitäten des Alltags wieder, denke ich. Bald.

Aber noch ist es nicht soweit, versuche mich zu trösten, während ich vom Fenster aus zusehe, wie der geliebte Wald sich schlafen legt. Den Waldkauz höre ich heute nicht. Die Kängurus habe ich mittlerweile aufgegessen; auf dem Unterteller liegen nur noch vereinzelte abgebrochene Ohren und Schwänze, die ich mit der Fingerspitze auftippe.

Und plötzlich zieht es mich noch einmal in die Kirche. Ich wasche mir die Hände, bis sie statt nach Chips nach Lavendel riechen und lege mich vor dem Allerheiligsten auf die Steine. Sie riechen nach Mittelalter und Ewigkeit; nach

Vergänglichkeit und Leben zugleich. Der heilige Bernhard auf seinem Seitenaltar lächelt.

Bahn

Im Abteil riecht es nach Scheiße, aber der Zug bewegt sich, und viel mehr erwarte ich vom deutschen Bahnverkehr ohnehin nicht mehr. Ich bin gerne an neuen Orten, aber ich hasse das Unterwegssein. *„Der Weg ist das Ziel"*, Kong Fuzi zugeschrieben und von irgendwelchen Motivationscoaches überstrapaziert bis zum Abwinken, ist meine Lebensphilosophie nun wirklich nicht. Aber ich will nicht abschweifen. Zurück also in die Niederungen der Deutschen Bahn und die ihrer Passagiere.

Im Laufe der Fahrt muss ich mich zweimal umsetzen, da Mitreisende sich mit ihrer Schutzmaske nur den Bart pflegen — sie hängt also am Kinn — und obendrein endlos schnattern, wenn sie nicht gerade mit weit aufgerissenem Rachen exzessiv gähnen, gelangweilt Luft auspusten oder anderweitig Aerosolwolken in die Luft jagen. Bahnpersonal ist nicht zu sehen, aber angesichts all der gewalttätigen Vorfälle im Zusammenhang mit Ermahnungen bzgl. Maskenpflicht habe ich dafür sogar Verständnis.
Ich schmiere mir derweil etwas Tigerbalm gegen den Scheißegeruch in das Innere meiner Maske und beschließe,

bis Emden still vor mich hinzuleiden und mich am Umstand zu erfreuen, dass die Bahn bis jetzt immerhin erst 15 Minuten Verspätung hat. Man ist ja, ich erwähnte es eingangs, mittlerweile mit recht wenig zufrieden.

Einen Zug und einen Bus später legt auch die Fähre 15 Minuten zu spät ab. Ich werde wieder in meinem Alltag katapultiert, während andere sich auf ihren Urlaub freuen. Der Kontrast kommt mir heute, nachdem ich selbst zwei Wochen lang Tourist war, besonders stark vor. Da hilft auch nicht, dass ich mir (wie etliche Mitreisende) ausnahmsweise eine sauteure Wurst vom Schiffskiosk gönne, die von der Kurverwaltung irgendwann einmal zum „Kultsnack" erhoben wurde und seither als der Inbegriff eines gelungenen Urlaubsstarts auf Langeoog gilt.

Ich fahre heim. Zu meinen Büchern, zu meiner Arbeit, zu meinem Leben. Ich blicke auf das „verflixte siebte Jahr", das sich zügig seinem Ende nähert, und stelle fest, dass ich mit nichts mehr fremdele. Die Aufregung der ersten Jahre ist fort; die Liebe hat ein stabiles Niveau erreicht. Es ist ruhiges Fahrwasser, in jeder Hinsicht.

Die Freundin wartet am Bahnhof, und es ist schön, dass auch ich jetzt für jemanden ein Stück Zuhause bedeute.

Sie hat sich extra für diesen Anlass noch hübscher gemacht, als sie ohnehin ist, und mich rührt diese Geste auf sonderbare Weise sehr. Es tut gut, erwartet zu werden.

Einen letzten Urlaubsabend schälen wir uns aus den drängenden Verpflichtungen heraus; dann ist wieder Alltag:

Wäsche, Einkaufen, eine elend lange To-do-Liste. Als ich in die Wohnung komme, dämmert es bereits. Ans Meer werde ich es heute nicht mehr schaffen, aber ich genieße das Wissen, dass es da ist.

Wünsche

Anfang September in den Urlaub zu fahren und gegen Ende des Monats nach Langeoog zurückzukehren, fühlt sich immer an wie eine kleine Zeitreise. Man verlässt die Insel im dicksten Saisontrubel, zwischen Unmengen Reisenden, und kehrt zurück in eine völlig veränderte Welt. Die vielen Familien mit Schulkindern sind fort; am Strand sind die Reihen der Strandkörbe sichtlich ausgedünnt und auch die ersten Spielgeräte werden demontiert. Nun sieht man wieder vermehrt Rentnerinnen und Rentner auf den Straßen oder Paare ohne schulpflichtige Kinder. Die Zeit der Jugendgruppen und Sportvereine, die sich am Strand austoben, ist vorbei. Dafür werden die Kirchen wieder voller und es kehrt Stille ein im nächtlichen Dorf. Zeit zum Aufatmen. Ich liebe diese Jahreszeit.

Mit diesem Herbst haben wir, Corona einmal außer Acht gelassen, aber auch sehr viel Glück. Es ist immer noch sommerlich warm, war zwischendurch aber nass genug, damit die Natur ihr volles Spektrum an herbstlicher Farbenpracht entfalten konnte: Der berühmte „Frisian Summer" ist angebrochen. Der Queller in den Salzwiesen ist tiefrot, der Inselwald verfärbt sich allmählich golden, ebenso wie der Strandhafer. Die leuchtend orangefarbenen Sanddornbeeren haben ihre volle Reife erreicht. Morgens zieht wieder Nebel durch die Dünentäler und belohnt frühe Vögel mit magischen Momenten. Austernfischerschwärme ziehen über die Brandung und sammeln sich in großen Schwärmen am Ostende; viele andere Vögel sind bereits fort. Dafür kommen jetzt die gefiederten Wintergäste.

Ich muss gestehen, dass es mir beinahe körperlich wehtut, wenn Menschen hier auf der Insel leben und dennoch kein Auge für das Wunder der Artenvielfalt auf diesem herrlichen Stückchen Erde haben. Langeoog ist mehr als eine Ansammlung von Filetstücken für den Immobilienmarkt. Der größte Respekt sollte hier weiterhin der Natur gelten, nicht der Rendite. Ich hoffe, dass sich einige, aus meiner Sicht sehr schädliche, Entwicklungen in dieser Richtung noch aufhalten lassen. Der Ausverkauf der Inseln darf nicht so weitergehen. Und doch herrscht überall im Landkreis Bauboom. Ostfriesland ist schön, klar. Aber ist es das auch noch, wenn auch das letzte Grundstück zugebaut ist? Wenn sich vor lauter Lärm- und Lichtverschmutzung kein Zugvogel mehr hertraut, wenn Insekten keine Nahrung mehr finden in all den pflegeleichten Schottergärten der Luxus-Ferienhäuser, deren BesitzerInnen irgendwo in ihren Heimatorten das Geld zählen, während sich osteuropäische Reinigungskräfte zum Mindestlohn darin kaputtschuften und sich von immer anspruchsvollerer Gästeklientel anschreien lassen müssen? Will ich in Winternächten durch komplett verwaiste, seelenlose Neubauviertel im Einheitslook spazieren gehen? Will ich mit meiner Freundin niemals zusammenziehen können, weil wir uns selbst mit zwei Durchschnittsgehältern ums Verrecken keine große Wohnung auf der Insel leisten können? Ich liebe diese Insel, aber es gibt Momente, in denen mir vor der Zukunft bang wird.

Ich kann nur hoffen, dass sich „Gier vor Gehirn" nicht permanent durchsetzt und dass auch die weniger rücksichtslosen Stimmen in der politischen Gemeinde wieder mehr Gehör finden. Ich bete, dass der Fokus von einer reinen Bespaßungsindustrie für reiche TouristInnen und lahmen Marketing-Gags wieder vermehrt auf das Erhaltenswerte gerückt wird, auf die Nachhaltigkeit, auf die Artenvielfalt, die hier unvergleichlich, und — einmal zerstört —, auch unersetzlich ist.

Vom Schreibtisch aus höre ich das beruhigende Rauschen der See. Letzte Vögel singen sich in den Schlaf und bringen mir Trost. Morgen, nehme ich mir vor, werde ich einmal früher aufstehen. Vielleicht sehe ich dann einen Fasan durch den Morgennebel schreiten. Vielleicht sehe ich dann die Sonne in gold- und kupferfarbenem Dunst über dem Meer aufgehen. Denn dann, so weiß ich, ist die Inselwelt für mich wieder heil. Auch im verflixten siebten Jahr.

Autor

Mayk D. Opiolla, geb. 1976 in NRW, arbeitete u.a. als Redakteur, Übersetzer und Werbetexter in Köln, München, Nanjing und Berlin, bevor er sich mit dem Umzug auf die ostfriesische Insel Langeoog im Jahr 2014 einen Lebenstraum erfüllte.

Neben der eigenen Buchreihe "Momentaufnahmen" veröffentlichte der Diplom-Regionalwissenschaftler Literaturübersetzungen, Essays und Lyrik. Er betreibt den Blog www.gefluegelmitworten.wordpress.com. Auf Langeoog ist er zudem für die Lokalzeitung im Einsatz.

Weitere Titel von Mayk D. Opiolla (Auszug):

Momentaufnahmen 4
Neue Betrachtungen von der Insel (2017)
Paperback, 184 S.
ISBN 978-3-7431-9561-5
EUR 10,00

Momentaufnahmen 5
Neues von Langeoog, Gott und der Welt (2018)
Paperback, 132 S.
ISBN 978-3-7481-0967-9
EUR 10,00

Momentaufnahmen 6
Von der Insel und dem Himmel darüber (2019)
Paperback, 204 S.
ISBN 978-3-7504-0692-6
EUR 12,00

Bestellbar über jede Buchhandlung oder direkt beim
Verlag: www.bod.de

LeserInnenbriefe, Presse- und Lesungsanfragen:
gefluegeltes@t-online.de, 04972-9903040

Auch erhältlich: Zeichnungen und Postkarten

Weitere Motive auf www.gefluegelmitworten.wordpress.com